Bibliografische Information der Deutschen Nationalbibliothek: Die Deutsche Nationalbibliothek verzeichnet diese Publikation in der Deutschen Nationalbiografie; detaillierte bibliografische Daten sind im Internet über dnb.dnb.de abrufbar.

Herstellung und Verlag: BoD – Books on Demand, Norderstedt

ISBN: 978-3-7526-5733-3

Hetero Daddy und Gay Mom – der Unfug geht weiter

-Neue lustige Anekdoten-

Inhaltsangabe

Bemerkung

Die jeweiligen Beiträge der beiden Autoren sind gekennzeichnet mit einem voranstehenden „Birgit" oder „Volker". Gemeinsame Beiträge sind mit vorangehendem „Birgit und Volker" gekennzeichnet.

Einleitung

Birgit und Volker:

Die folgenden Anekdoten und Themen stellen eine Fortsetzung dar.

Das diesem Buch vorangehende Werk trägt den Titel:

Hetero Daddy und Gay Mom – die kollegiale Idealkombination

Es ist aber gar nicht unbedingt nötig das vorangehende Buch gelesen zu haben, denn die jeweiligen Anekdoten und Themen sind in sich abgeschlossen und die nachfolgende kurze Beschreibung der beiden Hauptakteure und einer weiteren Beteiligten reichen zum Verständnis völlig aus.

Natürlich würden wir uns trotzdem wahnsinnig freuen, wenn auch das oben genannte vorangehende Werk vom geneigten Leser erworben wird, denn die Margen des vorangegangenen Buchs haben noch nicht ganz unseren Wunsch nach einer neuen Luxusvilla in der Karibik und unseren angestrebten

Zweitwohnsitz in einem angemessenen Landgut am Tegernsee finanzieren können.

Kommen wir zurück zum Ernst der Dinge, kommen wir zu uns. Das heißt es wird doch wieder nicht ernsthaft, denn wir nehmen uns selbst nicht allzu ernst und sind eher spaßige Frohnaturen. Deshalb haben wir auch gar kein Problem damit über uns selbst zu lachen oder damit, wenn andere über uns schmunzeln. Lachen ist gesund und trägt zum friedlichen Umgang miteinander bei. Jedenfalls hoffen wir dies inständig.

Da ist also zuerst einmal immer noch Volker, ein ganz normaler Familienvater, verheiratet mit Daniela und einer gemeinsamen, erwachsenen Tochter. Immer noch soll betonen, dass es eigentlich fast unglaublich klingt, dass diesen, stets zu irgendwelchen Frechheiten neigenden, Typen noch niemand umgelegt hat. Die Reihe der dafür mit ausreichender Motivation belasteten Kollegen, Freunden und Familienangehörigen ist derart lang, dass jeder ermittelnde Detektiv für Jahre zu tun hätte um diese dafür in Frage kommenden Täter abzuarbeiten.

Und dann ist da Birgit, Volkers Kollegin und gute Freundin, Mutter einer erwachsenen Tochter, die viele Jahre mit dem Vater ihrer gemeinsamen Tochter zusammenlebte und später dann viele Jahre mit einer Frau zusammenlebte. Beide haben sich auf Arbeit in Berlin-Kreuzberg kennen- und schätzen gelernt. Trotz ihrer ganz unterschiedlichen Lebenseinstellung und Neigung haben sie schnell zueinander gefunden und festgestellt, dass man sehr gut zusammen Unfug anstellen kann und die Unbilden des Lebens und Arbeitens durch Humor viel leichter meistern kann.

Dann ist da noch Dani (eigentlich Daniela), Volkers liebe Ehefrau, die zusammen mit Birgit bei vielen gemeinsamen Gin Partys festgestellt hat, dass die natürliche Verbündete für Volkers Ehefrau Dani natürlich idealerweise Birgit als eher gleichgeschlechtlich interessierte Kollegin von Volker ist. Absolut vertrauenserweckend und hilfreich bei dem gemeinsamen Einwirken von Frau und Kollegin auf diesen aufmüpfigen Ehemann und Kollegen. Nur so glauben sie den Armen ertragen zu können.

Inzwischen ist viel passiert, eine Covid-19 Krise hat sich im Land und weltweit ausgebreitet. Aber wir wären nicht wir selbst, wenn wir nicht selbst dieses Schicksal mit Humor gemeistert hätten. Denn bei aller Tragik und Gefährlichkeit des Coronavirus und seiner Folgen hätte es uns ja nicht weitergeholfen unseren Humor zu verlieren. Das galt auch ganz besonders als uns die unvermeidlichen Auswirkungen der lästigen Pandemie trafen. Zuerst am gemeinsamen Arbeitsplatz, dann in Form einer ersten häuslichen Quarantäne.

Natürlich fanden die beiden Kampfamazonen schnell Möglichkeiten Kontakt zu halten und den armen Kerl auch während seiner amtlich angeordneten Quarantäne in Haus und Hof weiter zu gängeln und erzieherisch auf ihn einzuwirken. Damit möchten wir dann auch die folgende Anekdotensammlung beginnen. Wir wünschen viel Spaß bei unverhohlener Schadenfreude.

Coronaausbruch am Arbeitsplatz

Volker:

Birgit und ich arbeiten in Berlin-Kreuzberg. Dort treffen nicht nur alle denkbaren möglichen Lebenseinstellungen zusammen, sondern auch alles was es sonst noch so auf der Welt gibt. Das ist interessant und mitunter auch lehrreich. Leider trifft dies auch auf Dinge zu die man lieber mal auslassen wollen würde, zum Beispiel sowas wie eine Coronapandemie, die natürlich auch Berlin-Kreuzberg und unsere dort liegende Abteilung unseres Arbeitgebers erreichte.

Gerade als wir unser jährliches, verlängertes Skiwochenende mit den Kollegen unserer Abteilung in Oberwiesenthal im März 2020 beendet hatten, kamen wir rechtzeitig zum Beginn der Pandemie zurück zur Arbeit.

Unser Betrieb war ähnlich überrascht vom Ausbruch derselben, wie viele andere Betriebe, Institutionen usw. in Berlin. Wir hatten die ersten Wochen weder Atemschutzmasken noch irgendwelche Trennscheiben oder sonstige geeignete schnell zu bewerkstelligende

Sicherheitsausstattungen zur Bekämpfung von möglichen Infektionen. Und wenn schon in normalen Zeiten oft Handdesinfektionsmittel an den Waschbecken der Sanitärbereiche gefehlt haben, so waren diese mit Beginn der Pandemie fast völlig verschwunden. Erst nach vielen Wochen konnten diese dann endlich wieder besorgt und zur Verfügung gestellt werden.

Es war, rückwirkend betrachtet, eigentlich nur eine Frage der Zeit, wann es uns erwischen würde.

Natürlich war mir klar, dass Birgit, die es gewohnt war nach diversen Gin Partys bäuchlings krabbelnd unter Aufsammeln aller Arten von Keimen und dadurch abgehärtet ihr Zuhause zu erreichen, vermutlich als die Allerletzte vom Coronavirus befallen werden würde. Ich musste mir also eher Sorgen um meine wertvolle Existenz machen.

Aber zunächst einmal ging alles gut. Wir verzichteten auf Arbeit aufs Händeschütteln und darauf uns zu umarmen, einzig Birgits ständige Streicheleinheiten mit ihrem 50 cm Holzlineal zur Klärung persönlicher oder beruflicher Meinungsverschiedenheiten hatten weiter Bestand. Aber durch die Länge dieses zum ständigen Bestrafungsgerät umfunktionierten Messinstruments und die Länge ihrer Arme im Vergleich zu ihrer eher geringen Körpergröße, war doch ein gewisser pandemischer Sicherheitsabstand stets gewahrt. Selbst bei der gelegentlichen, völlig überzogenen und ungerechten Ausübung körperlicher Züchtigung der schutzlosen, männlichen Kollegen durch die Hobbyfurie. Wie soeben aufgezeigt wurde hat in Coronazeiten die Armlänge Birgits, die irgendwo zwischen einer Mitteleuropäerin und Primaten der Gattung Gorilla liegt, zumindest gefühlt im wahrsten Sinne des Wortes durchaus evolutionäre Vorteile aus virologischer Sicht.

So also weiterarbeitend vergingen die ersten Monate der Krise erstaunlich unspektakulär. Irgendwann kam dann auch die entsprechende Schutzausstattung bei uns auf Arbeit an, sogar Desinfektionsmittel gab es nach reichlich vergangener Zeit endlich wieder. Der nötige Notarbeitszeitplan mit reichlich Zusatzarbeiten wurde ganz langsam wieder auf die normalen Arbeitszeiten runtergefahren. Wir arrangierten uns mit der Lage. Wir hatten weiter Spaß auf der Arbeit, vor allem wenn wir machten was Birgit wollte, denn das war natürlich immer zu unserem und meinem Besten. Das hatte sie mit Dani so abgesprochen und daran hielt ich mich auch als domestizierter Ehemann und kollegialer Diener.

Als nächstes bekam Birgit von Dani die Anweisung doch bitte mein Arbeitsfrei auf Arbeit zu regeln, damit ich beim Vereinstreffen des Eldaring e.V. in Hessen dabei sein konnte. Da sich auf Arbeit niemand mehr ernsthaft mit Birgit anlegt, hat sie mein Arbeitsfrei schnell geregelt gehabt und ich konnte tatsächlich zum Vereinstreffen im September fahren.
Birgit ist eben unersetzlich.
Mein Vereinsfreund Hermann hatte unterdessen dieses Treffen mit einem derart ausgefeilten Sicherheits- und Hygienekonzept durchgeplant, dass sich das örtliche Ordnungsamt und das Gesundheitsamt begeistert diesem Konzept anschlossen und die Vereinsveranstaltung

genehmigten. Infolge hieß der gute Hermann als einer der Organisatoren nun fortan Mister Orga 2020 für lange Zeit.

Das Treffen verlief optimal, es kam zu keinen Ansteckungen, dafür zu vielen geselligen alkholunterstützten Diskussionsrunden. Ich habe es genossen, denn das sind immer einige der wenigen Tage des Jahres, in denen ich weder der ehelichen Willkür meiner überaus emanzipierten, dafür aber liebreizenden Ehefrau Dani, noch der ständigen Gängelei ihres verlängerten Armes auf Arbeit, der streitbaren Birgit ausgeliefert bin.

Ich kam also gutgelaunt zurück zur Arbeit. Einige Tage passierte nichts außergewöhnliches, Birgit hatte Urlaub, ich musste alleine arbeiten.

Gegen Ende der Arbeitswoche nach dem Vereinstreffen erschien ich halbwegs gut gelaunt auf Arbeit. Nur um sogleich zu erfahren, ein Kollege habe sich krankgemeldet, ich müsse ganz schnell für den einspringen und seinen Platz an der Seite eines weiteren Kollegen einnehmen. Ich liebe solche Überraschungen, vor lauter Freude ballt sich mein Gesicht mitunter zu einer Faust um dieser Freude Ausdruck zu verleihen. Die Freude sollte aber noch steigerungsfähig werden. Ich verbrachte nun also den Arbeitstag an der Seite des zu unterstützenden Kollegen und ich stellte fest, dass man auch ohne Birgit mit anderen Kollegen eine Menge Spaß haben kann und dies ohne in ständiger Angst vor ihrem 50 cm Lineal leben zu müssen.

Die Strafe für dieses geistige Fremdgehen durch Spaß haben auf Arbeit ohne Birgit folgte prompt, zunächst ganz schleichend.

Mein Chef, der schon Zuhause war nach dem Arbeitstag an diesem besagten Donnerstag und dort allerdings nicht meine eigene, private Mobiltelefonnummer griffbereit hatte, rief also Birgit an. Weshalb der ihre Mobiltelefonnummer hatte lasse ich mir bei Gelegenheit übrigens von Birgit noch ausführlich erklären. Jedenfalls rief mich Birgit am Abend an und teilte mir als Telefonbotin unseres Chefs mit, ich wäre für den Freitag vorsorglich ins Homeoffice gesetzt worden, da der Kollege mit dem ich vertretungsweise gearbeitet habe, als ich für den erkrankten Kollegen einspringen musste, gerade erfahren hatte, dass er an den Tagen zuvor Kontaktperson zu einer an Corona erkrankten Verwandten war. Der Kollege hatte sich sofort selbst einer entsprechenden Untersuchung unterzogen und pflichtgemäß, unverzüglich unseren Chef darüber informiert.

Ich nun wiederum galt nun auch als Kontaktperson, zumal sich später noch herausstellte, dass sich der Kollege tatsächlich mit dem Covid-19 Virus angesteckt hatte und auch leichte Krankheitssymptome entwickelte.

Super, Glück muss man haben! Spaß auf Arbeit ohne Birgit zu haben wird von den Schicksalsgöttern also sofort gnadenlos bestraft. Aber es geht noch besser. Auch als Kontaktperson eines Infizierten, was sich am folgenden Freitagnachmittag bestätigte, kann man noch viel Spaß haben. Ich hatte mich nun also auch bei meinem zuständigen Gesundheitsamt zu melden. Ich versuchte also pflichtgemäß und verantwortungsvoll eine unverzügliche Kontaktaufnahme mit dem

Gesundheitsamt meines Wohnsitzes im Land Brandenburg herzustellen und erfuhr als erstes, dass im von mir bewohnten Landkreis des Bundeslandes Brandenburg die lästige Coronapandemie offenbar nur von Montag bis Freitag zwischen 09:00 und 17:00 Uhr stattfindet. Außerhalb dieser Zeit ist nicht einmal ein Telefonnotdienst dort zu erreichen. Selbstredend existiert auch gar keine Interneterreichbarkeit in der Art, dass man sich beispielsweise schon mal in irgendeinem Kontaktformular online eintragen kann. Ebenso teilte der ärztliche Bereitschaftsdienst mit, ausnahmslos alle ehemaligen Teststellen für einen Coronatest der Kontaktpersonen zu Coronainfizierten seien aus Kostengründen inzwischen in unserem Landkreis wieder geschlossen worden.

Offenbar liegt über Teilen des Bundeslandes Brandenburg ein eigenartiger Zauber, der bewirkt, dass Corona wochentags gar nicht in der Zeit von Montag bis Freitag zwischen 17:00 und 09:00 Uhr übertragen werden kann und somit auch nicht erfasst werden muss. Deshalb ist zu diesen Zeiten auch keine unverzügliche Auflagenerteilung für Kontaktpersonen nötig, denn diese wüssten sicherlich von ganz alleine wie sie sich jetzt zu verhalten hätten oder auch nicht. In der Zeit von Freitagnachmittag bis Montagfrüh, also über das gesamte Wochenende, fand Corona in zumindest einem Landkreis in Brandenburg, nämlich meinem, im September/Oktober 2020 offenbar durch denselben eigenartigen Zauber über der Landschaft ebenfalls auch nicht statt.

Ich war belustigt und ahnte ich würde noch viel Spaß haben, wenn ich dann erst ab dem kommenden Montag ab 09:00 Uhr das zuständige Gesundheitsamt meines Landkreises erreichen würde. Natürlich war mir klar, dass dies nicht etwa an den Mitarbeitern der Gesundheitsämter vor Ort liegen würde, sondern dass hier wohl eher die jeweiligen Entscheidungsträger verantwortlich für diese Vorgehensweisen sind, die vermutlich selbst gar nicht an der Basis ihren Dienst verrichten.

Egal, am Montagvormittag erreichte ich dann letztendlich mein Gesundheitsamt und bis dahin habe ich eben eigenverantwortlich Sorge getragen mich vorsichtshalber möglichst verantwortungsvoll zu verhalten.

Genauso umsichtig verhielt sich meine liebe Frau Dani, denn wir wollten natürlich nicht riskieren irgendjemand anderen mit dem Coronavirus zu beglücken.

Dazu aber in der folgenden Anekdote mehr, denn der Spaß fing ja gerade erst an und es war offensichtlich Potenzial für weitere eigenartige Erlebnisse vorhanden.

Und das alles erlebten wir auch noch ohne die gute Birgit.

Birgit:

Ja, ja, der Coronaausbruch aus Birgits Sicht mal ganz kurz dargestellt.
Ich hatte Ende September eine Woche Urlaub.
So kam es, dass Volker auch mal mit anderen Kollegen enger zusammenarbeiten musste.
Das konnte ja nur schiefgehen. Der Kollege, mit dem er einen ganzen Tag beruflich zu tun hatte, wurde im Anschluss positiv auf Corona getestet.

Volker und ein paar weitere Mitarbeiter wurden in die häusliche Quarantäne versetzt. Erst amüsierte mich der Gedanke, dass der Schlumpf zwei Wochen zu Hause seiner weltbesten Dani und ihren Arbeitsaufträgen ausgesetzt sein würde. Was mich allerdings die nächste Zeit auf Arbeit erwartete, ließ meine gute Laune sehr zügig schwinden.

Schließlich musste die gleiche anspruchsvolle Arbeit nun von wenigen Kollegen bewältigt werden. Meine aufgetankte Energie vom Urlaub war rasant aufgebraucht und ich fiel zu Hause nur noch gerädert ins Bett.

Volker dagegen war ausgeruht und völlig unausgelastet. Das bestätigten mir die schier unzähligen WhatsApp-Nachrichten, die ich nun täglich von ihm erhielt.

Als er gesund und munter wieder auf Arbeit erschien, war ich bereits erneut urlaubsreif und überhaupt nicht mehr amüsiert.

Es heißt wohl nicht ohne Grund: „Wer zuletzt lacht, lacht am besten!"

Quarantäne im Eigenheim

Volker:

Wie im vorigen Beitrag bereits geschildert, durfte ich mich nun also durch den sehr engen Kontakt mit einem durch Corona (Covid-19) infizierten Kollegen an meinem Arbeitsplatz zur Gruppe der Covid-19 Kontaktpersonen zählen.

Als Überbringerin dieser Nachricht wurde von unserem Chef Birgit auserwählt. Birgit ist natürlich als eine fast apokalyptische Botin geradezu prädestiniert. Denn sonderbare Anrufe bei meiner Frau, um mit dieser zusammen komische Dinge auszuhecken, kann sie ohnehin perfekt initiieren. Hier hatte sie also die Funktion der „Pestbotschafterin" übernehmen müssen. Die Stellenbeschreibung der Pestbotin hat sie geradezu perfekt ausgefüllt.

Ich erreichte dann auch endlich nach drei Tagen mein zuständiges Gesundheitsamt und gab am Telefon meine Personalien und die Umstände meines Coronakontaktes an. Natürlich wurde ich gleich, was ich auch als richtig empfand, schon per telefonischer Verfügung von der

Sachbearbeiterin unter häusliche Quarantäne gestellt.

Was für ein Spaß dachte ich mir. Zuerst mit hoher Wahrscheinlichkeit beim Arbeiten den Virus eingefangen und jetzt mit Dani 14 lange Tage in häuslicher Quarantäne verbringen.

Aber der Spaß fing ja eigentlich vor dem Telefonat schon an. Nicht nur, dass ich erst mal tagelang das Gesundheitsamt gar nicht erreichen konnte, denn nach Freitagnachmittag läuft da bis zum Montagvormittag erst mal gar nichts, auch kein Pandemienotdienst.
Nein, selbst am Montagvormittag lief lange erst mal nur eine Bandansage. Ich hörte mir also das Band, langsam zusehends genervt, an und drückte dann wie gefordert die Zwei um mit der Sachbearbeitung zu Covid-19 verbunden zu werden. Endlich dachte ich, etwas vorschnell wie sich sogleich herausstellte. Denn ich hörte ein Besetztzeichen, sonst nichts. Dann endlich, das Besetztzeichen verschwand, allerdings nur um wieder von einer Bandansage zu hören, dass ich jetzt weiterverbunden werden würde zum Strassenverkehrsamt, da die Verbindung zum

Gesundheitsamt momentan besetzt sei. Da mein Auto nicht an Corona litt, dessen war ich mir ganz sicher, auch ohne in den Stall zu laufen und es schnell danach zu befragen, entschloss ich mich dazu dieses Telefonat zu beenden und erneut anzurufen. Nach einigen Anrufen hatte ich dann auch, wie zuvor beschrieben, die Sachbearbeiterin vom Gesundheitsamt am Apparat, der ich vom Erreichbarkeitsmarathon gar nichts erzählte, weil ich davon ausging, dass die Arme genug zu tun hätte und für dieses Chaos persönlich auch gar nicht verantwortlich wäre.

Ich hatte also Quarantäne, das überraschte mich nicht wirklich. Überrascht war ich darüber, dass meine liebe, wunderbare Ehefrau, die schönste Rose in meinem Garten, die geschmeidige Dani, nicht unter Quarantäne gestellt wurde, sondern lediglich eine amtliche Empfehlung erhielt, das Grundstück für die Dauer meiner angeordneten Quarantäne nicht zu verlassen.

Dani ist eine verantwortungsbewusste Frau und hat sich daran auch gehalten. Woher aber das Gesundheitsamt die Gewissheit nahm, dass dies auch wirklich so wäre, bleibt mir bis heute schleierhaft. Genauso schleierhaft blieb mir auch weshalb das Gesundheitsamt unseres Landkreises weder bei mir noch bei Dani eine Covid-19 Untersuchung veranlasst hat. Vielmehr erklärte uns das Gesundheitsamt noch wir sollten bitte, solange wir ohne Symptome bleiben würden, ausdrücklich nicht, auf gar keinen Fall selbst eine solche Untersuchung veranlassen.

Dass dieser Virus, oft auch völlig ohne Symptome zu verursachen, zu einem relativ unauffälligen Krankheitsverlauf führen kann, spielte da also offenbar keine Rolle. Allerdings führte dieser Verfahrensablauf in unserem Landkreis natürlich dazu die nachgewiesenen Neuerkrankungen auf ein Minimum zu reduzieren. Dass dies in anderen Landkreisen anders gehandhabt wurde und es in anderen Bundesländern auch jeweils unterschiedliche Regelungen gab, führte zu leichter Verwirrung meinerseits. Offenbar gab es für ein und dieselbe Pandemie, je nach Wohnort, völlig unterschiedliche, eigene Verfahrensregelungen und keinen einheitlichen Ablauf. Ich sagte ja schon, meine Ahnung, dass ich damit viel Spaßiges erleben könnte, obwohl das Thema an und für sich weniger spaßig ist, hatte sich voll erfüllt. Ich lächelte in mich hinein und ging erwartungsvoll gespannt in meine angeordnete häusliche Quarantäne, aufgrund derer ich nun Haus und Hof für mindestens 14 Tage nicht verlassen durfte.

Der Spaß ging aber natürlich noch weiter. Zunächst einmal ließ der schriftliche Bescheid zur Quarantäneanordnung einige Zeit auf sich warten und war dann auch noch, zu allem Überfluss, fehlerhaft. Mein Name war falsch geschrieben, trotz mehrfachem Hinweis auf die korrekte Schreibweise meines Namens bei der telefonischen Meldung meinerseits.
Egal, ich hätte ja schließlich einfach nur anrufen müssen und um Berichtigung bitten können. Machte ich auch und musste wieder die Zwei nach der Bandansage drücken.
Der aufmerksame Leser ahnt es schon, der Rest verlief wie zu erwarten. Nach einiger Zeit sprang die Warteschleife ungewollt rüber zum

Straßenverkehrsamt und ich überlegte wirklich kurz einfach mal Danis Auto abzumelden, nur um die ständigen ungebetenen Verbindungen dorthin auch mal zu irgendetwas zu nutzen.

Aber da fiel mir ein, dass ich ja nun für mindestens zwei Wochen mit Dani auf unserem Grundstück, das ich fortan vorrübergehend nur noch die Pestinsel nannte, festsitzen würde und habe mich das vor Angst nicht mehr getraut. Denn gleich nach unserer Tochter und Danis zwei Zuchthunden, steht ihr Auto ganz weit oben auf ihrer Liebesliste. Falls ich die Quarantäne und das Virus unbeschadet überleben wollte, sollte ich nichts auf dieser Liste irgendwie negativ beeinflussen.

Ich hatte Glück, es war Herbst und der Garten unseres Hofs hatte noch frisches Obst in Form von Äpfeln und Birnen sowie Gemüse in Form von Tomaten, Kräutern und Lauch zu bieten. Sogar das Kartoffelbeet und die Kürbisse waren noch nicht abgeerntet, so dass zusammen mit unseren vielen anderen Vorräten unsere Versorgung gesichert war. Unsere Tochter musste ihr Sportinternat gar nicht erst verlassen um für uns notfalls einkaufen zu gehen.

Erst ein Telefonat mit Birgit, bei dem sie davon erzählte, dass sie den sie selbst jetzt treffenden erhöhten Arbeitsaufwand, wegen der vielen Coronaausfälle auf Arbeit, mit einigen Gin Partys mit ihren Mädels ausgleichen müsse, ließ mich kurz ängstlich werden. Nicht wegen Birgit, deren Gin gestählte Leber würde dies sicher einige Zeit aushalten, aber wegen mir.
Ich musste sofort in den Keller. Unverzüglich ging ich in den Vorratskeller und stellte erleichtert fest, dass neben reichlich vollen Bierkästen auch das Weinregal gut gefüllt war und selbst mein Lieblingsmet der Sorte Dunkle Holle von Beowulf aus Schleswig ausreichend vorhanden war. Voraussichtlich war die Quarantäne also gut zu überstehen.

Meine liebe Dani hatte inzwischen auch Pläne gemacht. Allerdings bestialische Pläne, denn ihr wurde blitzartig klar, dass sie nun einige Wochen ohne Birgits Hilfe mit mir fertig werden müsste. Also hat sie entschieden mich zu beschäftigen. Sie machte eine Liste mit zu erledigenden Reparaturen, Gartenarbeiten und aufzusetzenden Schreiben aus ihrem kleinen Bürobereich und forderte unbarmherzig deren Abarbeitung.

Nur einmal wagte ich kurz einen Anflug von Ungehorsam. Gegen Ende der ersten Quarantänewoche teilte mir die fürsorgliche Hausfrau mit, ihr seien jetzt die Kartoffeln ausgegangen und sie wolle daher an diesem Tag nicht kochen, sondern Essen bestellen. Mein Widerstandswille war geweckt. Und ich hatte auch einen Plan. Fröhlich grinsend teilte ich ihr mit, dass sei doch gar kein Problem, sie möge doch mit in den Hof kommen, ich würde ihr sehr gerne behilflich sein und mit ihr zusammen ein paar Kartoffeln ausbuddeln damit sie kochen könne. Ihr Gesicht sprach Bände und ich genoss meinen erfolgreichen Anflug von Aufmüpfigkeit, aber leider nur kurz.
Dani hatte nämlich auch einen Plan.
Diesen Akt des sich Aufbäumens konnte sie mir natürlich unmöglich durchgehen lassen.
Was würde denn Birgit nur dazu sagen, wenn sie davon hören würde? Müsste Birgit dann nicht

befürchten, dass ich auf Arbeit ihr gegenüber vielleicht auch noch aufmüpfig werden würde?

Also grinste Dani nun ihrerseits diabolisch und sagte mir, als ich ihr ihren Eimer mit frisch ausgebuddelten Kartoffeln gefüllt hatte, ich könne gleich weitermachen und die restlichen Kartoffelreihen ausbuddeln, säubern und einlagern, dann hätte ich wenigstens was Sinnvolles zu tun und sie hätte genug Kartoffeln für die nächsten Wochen um kochen zu können.

Nun sprach sicher mein Gesicht Bände.
Ich kam der Anordnung mürrisch nach und wurde mir gewahr, dass sie damit gleich mal ihre Gartenarbeiten an mich runterdelegiert hatte und noch dazu meine Aufmüpfigkeit im Keim erstickt hat.

Birgit wäre ganz sicher stolz auf sie gewesen. Vermutlich hat ihr das Dani auch noch am selben Tag stolz per WhatsApp berichtet.

Ganz sicher hat Birgit dann Dani auch darin bestärkt weiter so zu verfahren, zu unser aller Nutzen natürlich, auch wenn mir der persönliche

Nutzen für mich selbst bei dieser Sache doch etwas schleierhaft erschien.

Für mein Leiden wurde ich aber vom Schicksal auch belohnt zwischendurch. Mein lieber Eldaringvereinsfreund Rudi aus Bottrop und seine liebe Frau Bärbel waren zu Verwandtenbesuchen im Land Brandenburg und hatten eine liebe Idee.
Am Morgen nach Danis überaus grausamer, emanzipatorisch geprägter, autoritären und völlig unzeitgemäßer Arbeitsauftragserteilung an mich, klingelte mein Telefon. Rudi meldete sich und teilte mit, er habe gerade leckere Schokoladenhörnchen beim Bäcker besorgt. Danach fragte er, ob ich nicht auch Lust auf leckeres Gebäck habe. Ich hatte natürlich Appetit, schließlich benötigte mein schwer geschundener Körper nach den vielen Arbeitsaufträgen von Dani dringend Kalorien. Natürlich nur zur Aufrechterhaltung meiner häuslichen Arbeitsfähigkeit. Auch ständig gemaßregelte Familienväter brauchen Nahrung. Rudi sagte dann:" Geh mal raus an dein Gartentor, ich habe dir Quarantäneopfer und

Dani mal ein paar leckere Backwaren auf die Gartenmauer gelegt."

Tatsächlich, mit ausreichenden räumlichen Quarantäneabstand standen auf der anderen Straßenseite Rudi und Bärbel und aßen schon ihre Schokoladenhörnchen. Ich musste natürlich hinter dem Tor auf unserem Grundstück bleiben und nahm mir die Tüte mit den für uns gedachten Schokoladenhörnchen von der Gartenmauer und biss gerührt in das erste Hörnchen. Einzig womit Dani sich auch Rudis Fürsorge und das daraus für sie resultierende Schokoladenhörnchen verdient hatte blieb mir unerklärlich.

Bei dem sich nun anschließendem sonderbaren Coronafrühstück mit Sicherheitsabstand über die Straße hinweg, getrennt zusätzlich durch die Grundstücksmauer, mit einem lautem Gespräch quer über die besagte Straße hinüber, haben sicher so einige Nachbarn nun endgültig darüber vermeintliche Gewissheit erlangt, dass jahrelange eheliche Gängelung durch Dani, unter Mithilfe von Birgit, auf die Spitze getrieben durch die Quarantäne, meinen

Geisteszustand endgültig auf ein sicher behandlungsbedürftiges Niveau gebracht haben.

Aber ich hatte Schokoladenhörnchen und war glücklich. Schade, dass Rudi und Bärbel schon auf dem Rückweg nach Bottrop waren, ich hätte mich an diesen netten Frühstücksservice zu Coronazeiten gewöhnen können.
Wo ist eigentlich Birgit, wenn man sie für dergleichen mal brauchen würde?
Die könnte doch vor dem Arbeitsbeginn, frühmorgens schnell mal ein paar Backwaren besorgen und zu uns rausfahren und ablegen.
Also Wirklich!

Birgit:

Am folgenden Beispiel kann man mal wieder ganz genau sehen, dass ich Volker nicht aus den Augen lassen kann. Da bin ich eine ganz kleine Woche im Urlaub, wodurch er mit anderen Kollegen zusammenarbeiten musste!
Und was erfahre ich anschließend?
Ich wiederhole mich, aber er muss sich für zwei Wochen in häusliche Quarantäne begeben, da er beruflich Kontakt zu einem Kollegen hatte, der

positiv auf Corona getestet wurde. Volkers „Zusatzurlaub" begann, als ich zurückkam. Und natürlich war er nicht der einzige, dessen Arbeitskraft in unserer Betriebsstätte aufgrund von Quarantäne ausfiel. Das war für mich in zweierlei Maßen misslich. Einerseits bedeutete das für mich mehr Arbeit und außerdem fehlte er mir auch, wenn er länger nicht anwesend war.

Wen sollte ich denn nun nerven und ärgern?
Und wer sollte mich nun nerven und ärgern?
So ging das einfach nicht!

Im Gegensatz zu mir, hatte Volker offensichtlich zu viel freie Zeit. Mit seinen WhatsApp Nachrichten alleine aus den zwei Wochen könnte ich ein Buch füllen. Ich befürchtete schon eine Entgleisung der Kontrolle, da erhielt ich den Gegenbeweis: Unser Arbeitgeber gab die jährlichen Termine der Grippeschutzimpfung für die Mitarbeiter bekannt und ich gab Volker zur Kenntnis, wann wir unseren Termin dann wahrnehmen werden.

Da antwortete mir der Wicht, dass seine Gattin, die Dani, angeblich eine Impfung dieses Jahr bei ihm für überflüssig halten würde, da er sich scheinbar nicht ernsthaft mit dem Corona-Virus infiziert habe und keinen auffälligen Krankheitsverlauf mit Symptomen gehabt hätte. Er bräuchte demzufolge angeblich also auch keine Grippeschutzimpfung dieses Jahr.

Ich gebe zu, dass ich ganz kurz am Überlegen war, was der Blödsinn soll, da erhielt ich bereits eine direkte Nachricht von Dani mit der Information, dass Volker selbstverständlich, trotz Angst vor Spritzen, mit zum Impfen kommen wird.

Ich solle einfach seine Nachrichten ignorieren, er versuche nur dem Impfen zu entgehen.

Netter, aber vergeblicher Versuch seinerseits dachte ich. Da schwindelt der Schlumpf also und versucht ganz frech, die räumliche Trennung von mir und Dani durch die häusliche Quarantäne mit Schwindeleien an Dani und mir vorbei, vor lauter Angst vor Spritzen, auszunutzen.

Mit einem bösen Grinsen tippte ich zwei Nachrichten. Zuerst an die glücklich verheiratete Ehefrau: „Alles klar! Wird erledigt!"

Dann an die arme Sau von Ehemann:

„Gib dir keine Mühe dich deinem Schicksal zu entziehen! Nutzlos für dich, aber ich verspreche dir ein Pflaster mit Dinos drauf und ein Eis im Anschluss, wenn wir das Impfen dieses Mal ohne Schreien und Zappeln bewältigen sollten!"

Ich fing sogleich an einen Plan auszuarbeiten. Das Impfen würde unweigerlich kompliziert werden.

Aber den Schlumpf würde ich mir greifen, der hatte jetzt genug Ruhe gehabt, keine Gnade.

Impfen unter sanftem Druck

Volker:

Kaum war ich also wieder glücklich auf Arbeit angekommen ging mir Birgit mit der jährlichen Grippeschutzimpfung auf die Nerven.
Ich mag keine Spritzen, ich weiß natürlich auch, dass Impfungen ein notwendiges Übel sind. Trotzdem zögere ich die Grippeschutzimpfung so lange wie möglich jedes Jahr hinaus. Sicher war mir auch diesmal klar, dass gerade zu einer Zeit in der es noch keinen wirksamen Impfstoff gegen das Covid-19 Virus gab jeder Mensch zumindest alle anderen zusätzlichen, vermeidbaren Schwächungen des Körpers vermeiden sollte. Also machte es durchaus Sinn, in diesen Zeiten, wenigstens die normale Grippe durch eine Schutzimpfung auszulassen.
Bei genauerer Überlegung fiel mir allerdings ein, dass ich ja nun eigentlich meine persönliche Coronaquarantäne schon hinter mir hatte und nunmehr nach menschlichem Ermessen allerhöchstens noch eine normale Grippe für

mich zu erwarten hätte. Hierin war ich mir sogar einmal mit Birgit und Dani einig.

Das wars dann aber auch schon in Punkto Einigkeit. Wie jedes Jahr waren nämlich Dani und Birgit der Meinung, dass ich ganz selbstverständlich trotzdem zur Grippeschutz-impfung muss. Birgit hatte einfach keine Lust auf Arbeit alleine zu sein während ich zuhause mit Grippe das Bett hüten würde und dann vielleicht sogar noch meine Arbeit zusätzlich mitmachen zu müssen. Dani ihrerseits hatte überhaupt gar keine Lust mich mit einer Grippe zuhause zu haben und ihren natürlichen ehelichen Pflegeverpflichtungen nachzukommen. Ich gebe zu, dass ich bei einer kleineren Erkrankung oft besonders pflegeintensiv bin. Bei meiner letzten Grippeerkrankung vor vielen Jahren hatte ich mich im ersten Stock unseres Hauses in unser Bett gelegt, eine kleine Messingglocke zum Läuten auf den Nachttisch gestellt, den Fernseher angemacht und von Zeit zu Zeit nach Dani geläutet um einen Tee, etwas Verpflegung oder auch nur etwas aufopferungsvollen, liebevollen, ehelichen Trost zu bekommen.

Das hatte nach dem ersten halben Krankheitstag zur Folge, dass die genervte Dani beim letzten Läuten nach oben geschossen kam und in etwa sinngemäß folgendes, geradezu herzloses Geschimpfe abließ: „Wie kann ein erwachsener Mann nur so übertrieben auf Leidend machen? Du bist schlimmer als ein Baby. Selbst unsere Meike war als Kleinkind nicht so anstrengend, wenn sie mal krank war. Jetzt ist Schluss damit Freundchen."

Gesagt getan, sie nahm mir die schöne kleine Messingglocke weg und ließ mich erst mal leidend oben zurück. Natürlich verstehen Frauen, vor allem Ehefrauen, überhaupt nicht wie furchtbar Männer, vor allem Ehemänner, unter einer Grippe leiden können. Aber Dani hatte nicht mit meinem verschlagenen Intellekt gerechnet. Sie hatte vergessen mir mein Mobiltelefon auch abzunehmen. Als erstes habe ich natürlich, in der Hoffnung auf Trost, Birgit eine WhatsApp Nachricht geschickt und auf mein Leiden aufmerksam gemacht. Ohne Erfolg, es kam als Antwort nur ein: „Hör auf zu jammern du Lappen." Na gut dachte ich, dann helfe ich mir eben anders. Ich rief also unten im

Erdgeschoss unseres Hauses an und erwischte dort Dani tatsächlich in der Küche. Wie passend dachte ich mir, nicht nur dass sie dort natürlich hingehören würde, wenn sie schon nicht tröstend an meinem Krankenbett sitzen würde, nein, ich bestellte mir passender Weise gleich mal einen Tee. Erschöpft von dieser immensen Anstrengung legte ich armer, kranker, schwer leidender Mann mein Mobiltelefon wieder auf den Nachttisch. Gleich darauf vernahm ich schnelle trippelnde Schritte die Treppe hinaufkommend. Na, das ging aber schnell mit meinem Tee dachte ich noch, denn diesen eiligen Trippelschritt kannte ich, der gehörte unzweifelhaft zu Dani.

Allerdings zur verärgerten Dani, denn wie sich herausstellen sollte, hatte ich meinerseits weder mit Danis Intellekt noch mit ihrer wilden Entschlossenheit, sich nicht zu Pflegepersonal degradieren zu lassen, gerechnet.

Laut schimpfend kam sie auf mich zu: „Jetzt ist endgültig Schluss Freundchen. Her mit dem Handy, du nervst nicht weiter rum hier."

Sie griff sich mein Mobiltelefon und nahm es mit runter. Dabei hörte ich sie noch in ihr eigenes

Telefon sprechen, wobei sie folgendes sagte:
„So meine Liebe, jetzt ist Schluss da oben, der
nervt uns nicht mehr, dem habe ich ein Ende
bereitet."

War ja klar, offensichtlich hatte Birgit also sofort
gepetzt, nachdem ich ihr von meinem wirklich
entsetzlichen Leid Nachricht gegeben hatte. So
ein Biest dachte ich noch und schlief erschöpft,
vermutlich schluchzend, ein.

Diesen Sachverhalt im Kopf habend blieb mir
also dieses Jahr, einmal wieder aufs Neue, nichts
anderes übrig, als Birgit zur jährlichen
Grippeschutzimpfung brav zu folgen. Denn keine
von den Beiden wollte mich krank ertragen.
Offensichtlich möchte unser Arbeitgeber das
auch nicht und bietet deshalb die jährliche
Grippeschutzimpfung während der Arbeitszeit
kostenlos für uns an. Der Tag, an dem wir das
Impfangebot nutzen sollten, rückte näher. Birgit
hatte unsere Arbeitszeit entsprechend einfach
vorgeplant. Nichts würde mir jetzt noch helfen
können. Aber wenigstens war mir ja ein buntes
Pflaster, welches sie sich von mir aus sonst
wohin kleben konnte und ein Eis, das ich
dankbar annehmen würde, freundlicherweise

von dem Biest versprochen worden.
Natürlich sollte ich beides nicht bekommen,
Birgit ist so gemein und Dani auch.

Birgit:

Der Tag des Grauens oder einfach nur der Tag
der Impfung! So könnte dieses Kapitel heißen.
Es war so weit. Was Volker ohnehin nicht
abwehren konnte trat nun endlich ein.
Gut informiert und vorbereitet ließ ich Volker
sehr zeitig in unserem Büro antreten. Dass sich
einer unserer Vorgesetzten dem Vorhaben
anschließen wollte, nennen wir ihn mal S. aus H.
an der Spree, war mir mehr als recht. Falls alles
gute Zureden und Süßigkeiten nicht zum Erfolg
führen sollten, wäre herzhaftes Zupacken
angebracht. Da könnte ich gegebenenfalls
dessen Unterstützung gut gebraucht haben.
Wir begaben uns also überpünktlich auf den
Weg, da die Impfung diesmal an einem anderen
Betriebsstandort durchgeführt wurde. Noch vor
Erreichen der U-Bahn erklärte Volker, er habe
etwas vergessen und müsse noch einmal

umkehren. Die öffentlichen Verkehrsmittel zum Erreichen dieses Betriebsstandortes sind, das sollte vielleicht Erwähnung finden, maximal eine Minute von unserer eigenen Betriebsstätte entfernt.

Da ich zur Verhinderung sämtlicher gleich zu erwartender Fluchtversuche vorsichtshalber hinter Volker lief, erhielt er einen gezielten, aufmunternden Stups in Richtung U-Bahn-Eingang. Ein Seufzer war nicht zu überhören. Das fängt ja früh an, dachte ich und seufzte ebenfalls. Unser Chef S. versuchte gar nicht erst ein Grinsen zu unterdrücken.

Während der kurzen Fahrt war Volker folgsam, denn er war beschäftigt.

Mit roten Bäckchen blätterte er im Buch „Heidnische Weihnachten für Fortgeschrittene", welches ich vorab besorgt und ihm im Zug übergeben hatte. Manchmal ist der Kleine schon recht putzig, ging es mir durch den Kopf. Den Weg vom U-Bahnhof zum Impfstützpunkt unseres Betriebes überbrückten wir mit Ratespielen:

„Ich sehe eine Frau, die du nicht siehst, und die ist brünett!" Das funktioniert immer. Endlich am

Ziel angelangt, trafen wir auf eine recht lange Warteschlange, welche sich durch unzählige Flure schlängelte.

Zum Glück hatte Volker ja noch das Buch. Als wir nach nur zwei Stunden Wartezeit fast an der Reihe waren, begab ich mich schon mal an die geöffnete Tür des Behandlungszimmers. Auf die fragenden Blicke des Arztes und der Sanitäterin, kündigte ich Volker mit folgendem Kommentar an: „Da kommt gleich so ein kleines, recht stabiles, verängstigtes Kerlchen rein. Am besten hören sie gar nicht hin, was es stammelt.

Es hat keine Allergien, hatte kein Fieber in der letzten Zeit und ist nicht erkältet. Hier ist die Impferlaubnis seiner Frau und sein Impfbuch. Wir verstehen uns?"

Der Arzt nickte grinsend und deutete auf eine Schachtel mit Dino-Pflaster. Optimistisch ging ich zurück zu Volker und unserem Chef, schnappte mir sein Buch und sprach ihm aufmunternd zu. Als er endlich an der Reihe war, stand eine wirklich sehr attraktive blonde, schlanke Sanitäterin im Eingang und forderte ihn fürsorglich und nett auf einzutreten.

Seit wann tragen unsere Sanitäterinnen bei der

Arbeit eigentlich Röcke?

Volker, fasziniert vom liebreizenden Anblick, riss sich fast das Oberhemd vom Körper, so dass die Knöpfe in alle Richtungen absprangen und folgte aufmerksam den Anweisungen, fast wie zuhause. Unser Chef maulte, dass er auch diese Sonderbehandlung wünsche, aber der Arzt gab zu bedenken, dass das nur für ganz ängstliche Patienten mit Muttizettel gedacht sei.

Ich hätte mich dieser Sonderbehandlung auch nicht widersetzt, war aber froh, dass Volker zufrieden und mit schickem Pflaster endlich seine Impfung erhalten hatte. Dani würde sehr zufrieden mit mir sein, abgesehen von den paar Knöpfen, die sie sicher wieder annähen musste, schließlich muss seine Arbeitskraft erhalten bleiben. Nur das versprochene Eis blieb ich Volker vorerst schuldig. Die Eisdielen hatten aufgrund der Pandemie alle längst geschlossen. Aber das war erstmal egal, die nächste Impfung kommt nämlich bestimmt, und dann muss ich mir sicher wieder etwas Neues einfallen lassen.

Ich seufzte kurz auf, aber nur kurz.

Volker:

Ja klar, von wegen alle Knöpfe sprangen von meinem Hemd. Ein einziger Knopf und zwar vom Ärmel sprang ab. Und naja, vielleicht noch ein klitzekleiner Knopf von der Knopfleiste am Bauch. Aber da Birgit natürlich wieder nur noch Augen für die mit meinen Impfvorbereitungen beschäftigte Sanitäterin hatte, hat sie vermutlich nur irgendetwas aus den Augenwinkeln wahrgenommen und dies irgendwie gedeutet. Ihre erste Gleitsichtbrille soll wohl übrigens demnächst fertig werden, dann kann sie endlich die alten Kontaktlinsen entsorgen. Wird sie aber aus Eitelkeit nicht machen. Frauen Ü 40 können wirklich anstrengend sein. Aber wenigstens war die Wahrscheinlichkeit an Grippe zu erkranken durch die Impfung wesentlich minimiert worden. Kein Rumhängen mit Grippe im heimischen Bett, ohne Birgit im Nacken und dafür von Dani liebevoll umsorgt. Moment mal, wieso gehe ich eigentlich zum Impfen? Ich will meine Grippe, ich habe ein eheliches Recht auf mindestens eine Woche häuslicher Pflege durch mein treusorgendes Eheweib.

Mir wird gerade klar weshalb Dani die gute Birgit mit der Überwachung und Planung meiner jährlichen Grippeschutzimpfung beauftragt und warum Birgit ihr dabei so bereitwillig zur Seite steht.

Was für zwei kleine, selbstsüchtige Biester die doch sind.

Unglaublich!

Kleine Neckereien zwischendurch

Volker:

Die jährliche Grippeschutzimpfung unseres Arbeitgebers hatten wir also hinter uns. Zwar tat mir mein Arm noch weh, aber das konnte auch daran liegen, dass Birgit mal wieder, zur Betonung ihrer Argumente bei unseren kleineren, üblichen Meinungsverschiedenheiten, ihr verdammtes 50 cm Holzlineal eingesetzt hat. Gilt das eigentlich auch schon als eine Art von häuslicher Gewalt?
Bei unserem sehr engen beruflichen und privaten Zusammenleben könnte man darüber auch mal nachdenken. Egal, jedenfalls setzte der berufliche Alltag wieder ein. Birgit schikanierte der Reihe nach alle männlichen Kollegen.
Sie nennt dies übrigens auch heute noch zur Ordnung und Sauberkeit erziehen. Auf alle Fälle herrschte bei uns auf Arbeit inzwischen auch das Coronachaos. Arbeitspläne für die kommenden Wochen waren schon morgens, kurz nach deren Ausarbeitung, überholt und mussten während des laufenden Arbeitsbetriebs neu ausgefertigt

werden. Überhaupt musste die Arbeitsfähigkeit unseres Betriebes mit allen denkbaren Mitteln aufrechterhalten werden, koste es was es wolle, vor allem den einzelnen Mitarbeitern, denn unser Betrieb galt eben auch als systemrelevant. Das hieß für uns leider auch ständig geänderte Arbeitszeiten, Zusatzaufgaben weit über die eigentliche Belastungsgrenze hinaus, Überstunden und ständige Improvisationen ertragen zu müssen. Dazu kamen noch ständige Ausfälle einzelner Mitarbeitergruppen oder gar ganzer Abteilungen wegen der Covid-19 Erkrankungen und Quarantänen.

Birgit wirkte der sich anbahnenden allgemeinen Erschöpfung durch stoische Aufrechterhaltung der gewohnten Arbeitsabläufe zur allgemeinen Beruhigung entgegen. Einzig aus diesem Grund eröffnete sie eines Morgens den Dienst gleich damit einen Kollegen unseres Büros zur Minna zu machen, weil dieser am Vortag vergessen hatte den Kaffeetisch ordentlich genug zu säubern. Es sollte eben alles wie gewöhnlich erscheinen und dazu gehörte natürlich auch ihr resolutes Auftreten den Verfehlungen der männlichen Kollegenschaft gegenüber. Ich bekam das mit und machte mich erst mal ganz klein. Aus Erfahrung weiß ich, dass man der Bürofurie besser nicht im Weg steht, wenn sie für Sauberkeit und Ordnung sorgt. Es gelang mir aber offensichtlich nicht unauffällig genug zu sein. Offenbar hatte sich ein trotziger Blick in mein Gesicht geschlichen. Birgit bemerkte dies sofort und ließ von unserem Kollegen ab, um sich nun voll und ganz mir zuzuwenden:

„Ist was, wieso guckst du so, warst du etwa auch beteiligt an dieser Unordnung hier? Du kannst uns gleich helfen beim Aufräumen, Freundchen."

Während sie das aussprach, drückte sie mir auch schon ein Putztuch in die Hand.

Ich blickte meinen Kollegen an und wir haben uns beide spontan, aus einfachem purem Selbsterhaltungstrieb heraus, dazu entschlossen ihr brav beim Aufräumen zu helfen. Birgit belehrte uns natürlich noch darüber, dass in Zeiten der Covid-19 Pandemie ein sauberes und ordentliches Arbeitsumfeld besonders wichtig sei. Hygiene sei zur Bekämpfung des Virus sogar ganz besonders wichtig. Das wäre auch zu unserem Schutz. Das Geschnatter nahm kein

Ende, aber wie alle Männer konnten wir, also mein Kollege und ich, aufgrund einer bisher kaum erforschten und daher ebenso selten wissenschaftlich beschriebenen, männlichen, anatomischen Besonderheit, diesem femininen Geschnatter entkommen. Es ist nämlich bisher nur wenigen Wissenschaftlern durch eigene Feldforschung bekannt und wurde zum Schutz der männlichen Hälfte der Bevölkerung bisher auch nur selten öffentlich publiziert, aber Männer haben so eine Art zusätzlichen Gehörgangverdichtungsmuskel im Ohr. Dieser ermöglicht es uns, bei schrillen (also weiblichen) und monotonen, endlos alles wiederholenden (also ebenfalls eindeutig weiblichen) Konversationsbeiträgen, die Gehörgänge reflexartig soweit zu verdichten, dass nur noch ein erträglicher Restbereich des weiblichen Geschnatters ins Innenohr vordringen kann. Allerdings führt dies gelegentlich dazu, dass Männer leicht abwesend wirken, wenn sie mal wieder ungebeten von einer Frau vollgetextet werden. Leider blieb das Birgit nicht verborgen und wir hörten von ihr plötzlich ein sehr lautes: „Hört ihr Schlümpfe mir eigentlich überhaupt zu? Na wartet, ich werde euch helfen für diese Frechheit."

Es kam was kommen musste, ihr 50 cm Holzlineal kam mal wieder zum Einsatz. Einige Millionen Jahre menschlicher Evolution führten nämlich nicht nur dazu, dass wir Männer mittels unseres Gehörgangverdichtungsmuskels, ganz instinktiv, weiblichem Geschnatter entgehen können. Zeitgleich sorgte nämlich eine grausame Evolution auch dafür, dass Frauen einen besonderen, anatomisch nur bei ihnen vorkommenden Mimikerkennungssehnerv entwickelt haben, der aufgrund der nicht mehr vorhandenen männlichen Gesichtsmimik, bei reflexhafter Nutzung des männlichen Gehörgangverdichtungsmuskels des Mannes, dem weiblichen Gehirn signalisiert, dass ihr männliches Gegenüber ihr nicht mehr aufmerksam genug zuhört. Dies führt bei Frauen oft ebenfalls reflexartig dazu, die Stimmlage in eine Lautstärke zu bringen, die selbst ein jahrelang geübter und genutzter männlicher Gehörgangverdichtungsmuskel nicht mehr abmildern kann, so dass die weibliche Stimme wieder ungehindert das männliche Innenohr erreichen kann. Ebenso reflexhaft kann dies bei einigen weniger pazifistisch eingestellten Frauen, wie Birgit und Dani, zu einem leichten Anbuffen des unfreiwilligen männlichen Konversationspartners führen. Bei Birgit wird dies gerne, wie zuvor beschrieben, durch ein geeignetes Stilelement, nämlich ihrem 50 cm Holzlineal, noch unterstützt.

Nach einem nicht enden wollenden Vortrag über Sauberkeit und Ordnung am Arbeitsplatz, Covid-19 Viren und diversen anderen Themen, an die wir uns, dank unserem männlichen Gehörgangverdichtungsmuskel, nicht mehr erinnern können, begab sich Birgit endlich an ihren Schreibtisch. Ich setzte mich an meinen Schreibtisch, der genau Kante an Kante dem Ihren gegenübersteht und beschloss mich ausgiebig zu rächen. Immerhin schmerzte mein sensibler, männlicher Gehörgang immer noch. Ich wartete beim Arbeiten einfach auf den richtigen Zeitpunkt. Und ich hatte einen Plan, einen diabolischen Plan, ich sonnte mich schon in den Einzelheiten dieses bösartigen, aber wie ich fand auch humorvollen, Rachefeldzugs. Seit einigen Monaten hatte ich die Aufgabe übernommen Birgit in ein weiteres Tätigkeitsfeld unserer gemeinsamen Arbeit einzuarbeiten. Dazu gehörte auch das morgendliche Vortragen einer Zusammenfassung der Tätigkeiten und Aufgaben unserer Abteilung in einer Runde von Vertretern der anderen Abteilungen. Einer von uns beiden hatte jeweils immer diese Aufgabe zu übernehmen. Diese morgendlichen Besprechungen fanden jeweils regelmäßig nur an bestimmten Arbeitstagen und an einigen anderen Arbeitstagen nur auf besonderen Anlass hin statt. An diesem Tag wäre die Besprechung nur nach besonderer Einberufung wegen eines besonderen Anlasses dran gewesen und Birgit wäre dann diesmal mit dem Vortragen an der Reihe gewesen. Allerdings war das für diesen Tag tatsächlich gar nicht geplant. Damit konnte ich arbeiten. Ich wartete bis Birgit mal irgendwo, in irgendeinem anderen Büro beschäftigt war oder dort den neuesten Büroklatsch erfuhr oder irgendeinem armen Kollegen einen ihrer berüchtigten Vorträge hielt. Als sie wiederkam wartete ich noch 20 Minuten bis es genau 08:35 Uhr war, sah dann gespielt erschrocken zu Birgit hinüber und sagte ihr, ich hätte es vergessen ihr zu erzählen, dass ich zuvor einen Anruf auf ihrem Telefon entgegengenommen hätte. Heute würde doch noch eine morgendliche Besprechung stattfinden.

Birgit sah mich erschrocken an und rief: „Aber die Besprechung ist doch dann immer um 08:30 Uhr, warum sagst du mir denn das jetzt erst? Du vergisst aber auch alles. Das schaffe ich doch nicht mehr, ich komme jetzt doch zu spät."

Ich beruhigte sie und sagte ihr, dass die Besprechung fast immer 5 Minuten zu spät beginnen würde, wenn sie schnell nach oben ins Stockwerk über uns zum Besprechungsraum eilen würde, könne sie es gerade noch schaffen, natürlich müsste dann aber das obligatorische Nachschminken mal ausnahmsweise ausfallen, sie sähe heute auch so schick genug aus.

Birgit kramte schnell ihr Zeugs zusammen, hektisch druckte sie nebenbei noch schnell ihre Listen und Aufstellungen für die Besprechung aus und rannte dann los.

Ich war der Meinung jetzt hätte ich mir aber einen Kaffee verdient und begab mich, mit meiner Lieblingskaffeetasse in der Hand, zu einem unserer Aufenthaltsräume zu einigen anderen Kollegen. Mein diabolischer Plan war angelaufen, er sollte aber noch eine bösartige Fortsetzung bekommen. Ich hatte geschätzt Birgit würde so etwa nach 10 Minuten vergeblicher Wartezeit im Besprechungsraum bemerken, dass etwas nicht stimmen könne und dann zurückkommen. Für diesen Fall wollte ich noch eine Bösartigkeit draufsetzen und ihr wiederum gespielt erschrocken mitteilen, dass ich auch noch vergessen hätte ihr mitzuteilen, dass die Besprechung diesmal nicht im gewohnten Besprechungsraum, sondern im Seitenflügel über den Hof hinaus stattfinden solle. Ich erwartete einen noch aufgeregteren Sprint ihrerseits in Richtung Seitenflügel und grinste schadenfroh vor mich hin. Als ich so bei mir dachte die schnattert uns nicht noch mal so schnell voll oder droht uns mit ihrem allseits gefürchteten 50 cm Holzlineal, sah ich genau dieses 50 cm Holzlineal schnell auf mich zukommen, an dessen Ende hing Birgit, die tatsächlich einen Spurt hinlegte, allerdings in meine Richtung. Ich fühlte mich wie ein

Beutetier fixiert und hörte sie schon von weitem rufen: „Willst du Wichtel mich eigentlich verarschen? Na warte Freundchen, dass hast du nicht umsonst gemacht, dir werde ich helfen du Schlumpf."

Ich erspare dem geneigten Leser die grausamen Einzelheiten des sich daraufhin abspielenden Dramas. Schließlich möchten wir dieses Buch möglichst relativ gewaltfrei und jugendgeeignet halten. Nur so viel sei verraten, das Drama hatte drei Hauptakteure, eine wütende Birgit, einen verängstigten Volker und ein 50 cm Holzlineal, sowie einige Nebenrollen in Form von schadenfroh grinsenden Kollegen, die sich an meinem Martyrium erfreuten. Irgendein Kollege musste ihr wohl zu früh gepetzt haben, dass es heute gar keine Besprechung gäbe und sie hat unverschämter Weise, von miesen Vorurteilen geleitet, gleich mich verdächtigt ihr einen Streich gespielt zu haben, ohne überhaupt die Hintergründe sorgfältig geprüft zu haben.

Hatte ich es eigentlich schon erwähnt? Meine Pläne funktionieren manchmal nicht ganz so wie von mir erhofft. Aber das Schlimmste kam ja erst noch. Natürlich hatte Birgit das Ganze sofort meiner lieben Dani gepetzt, die ihr sogleich noch am Telefon versichert hatte, dass dürfe sie mir nicht durchgehen lassen, das wäre sehr ungezogen von mir gewesen. Also saßen wir wieder an unseren Schreibtischen, Birgit immer noch mit ihrem 50 cm Holzlineal drohend herumspielend, ich mit Unschuldsmine, Bedauern heuchelnd und dabei schwatzte Birgit unaufhörlich auf mich ein. Den Anfang des Vortrages hörte ich noch, es ging um ungezogenes Verhalten ihr gegenüber und verdienter Strafe. An der Stelle wirkte der männliche Gehörgangverdichtungsmuskel endlich wieder instinktiv. Ich hörte fast nichts mehr davon. Dabei grinste ich wohl zufrieden, etwas zu zufrieden offenbar, Birgits verfluchter Mimikerkennungssehnerv setzte ein und es passierte was passieren musste.

Ich hasse 50 cm Holzlineale wirklich aus vollstem Herzen abgrundtief.

Birgit:

Ja klar, genau, von wegen „Kleine Neckereien zwischendurch", der Volker hatte mich an dem Tag wirklich eiskalt erwischt.
Jedenfalls kurzfristig, aber das sollte noch in die verdiente Fortsetzung gehen, dazu gleich mehr.
Wie er bereits erwähnte, wurde ich gerade erst in dieses neue Betätigungsfeld eingearbeitet und zwar von Volker selbst.
Und auf keinen Fall wollte ich bei den ersten angesetzten Besprechungen gleich verspätet erscheinen. Zweifel hatte ich an seinem ungewöhnlichen Verhalten schon. Schließlich sprach ich kurz vorher noch einen Vorgesetzten, der ein Stattfinden des Meetings verneinte.
Als ich also die Treppe zum Besprechungsraum hoch flitzte, war mir schon an der Stille und der offenstehenden Tür klar, der Schlumpf hatte mich böse reingelegt. Deshalb drehte ich auf dem Absatz um, zurück zu Volker.
Am Arbeitsplatz war er nicht, so ergriff ich nur schnell das Lineal und düste weiter zur nahen Teeküche. Da stand er, den Rücken zu mir gewandt, träumte vor sich hin, glotze in die

ausgeschaltete Mikrowelle und tat offensichtlich nichts. Keiner beherrscht dieses Nichtstun so gut wie Volker.

„Na, nicht das richtige Fernsehprogramm in der Mikrowelle gefunden? Freundchen, du kannst dich schon mal auf einen Kessel Buntes (1) gefasst machen!"

Mit dem Lineal gab es einen aufmunternden, strengen, mehr als verdienten Klaps auf seinen Oberarm. Volker schrie theatralisch wie am Spieß auf.

Bemerkenswert waren hier nicht seine Hilferufe, sondern vielmehr die Tatsache, dass keiner der anderen Kollegen herbeieilte. Alle gingen ihrer Arbeit nach oder setzten sich schnell Kopfhörer auf.

„Freundchen, deine überschüssige Energie werde ich dir austreiben. Morgen früh stehst du bereit im Trainingsanzug zum Lauftraining. Meckern kannst du dir sparen, bei Dani rum jammern ebenfalls."

Ich lief zurück zum Schreibtisch und überlegte mir schon eine anspruchsvolle Strecke für den folgenden Tag. Der brauchte Bewegung.

(1) Variationssendung der ehemaligen DDR ab 1972, später ARD

Als sich Volker wieder an seinen Platz setzte, mir gegenüber, glaubte ich eine sehr fade, blasse Gesichtsfarbe bei ihm zu erkennen. Das kleine Kerlchen ist sonst immer leicht angebräunt aufgrund seiner vielen Arbeitsaufträge im riesengroßen Garten zu Hause. Offensichtlich war es Dani schon lange bewusst, dass der viel Bewegung braucht, damit der nicht irgendwelchen Blödsinn anstellt.
Allerdings stellte sich bei mir kein Mitleid ein, eher eine diabolische Freude auf den nächsten Tag.

Und diese Freude trat dann auch wie geplant ein, das habe ich mir gegönnt und ihm auch.

„Lauftraining oder die Rache der Birgit K. aus B.", so könnte das nächste daran noch anschließende Thema lauten.

Ich hatte wunderbar geschlafen und kam entspannt aus dem Bett. Das Radfahren auf Berliner Straßen zur Arbeit bewältigte ich ohne Herzinfarkt oder Blessuren. Mit einem Liedchen auf den Lippen pfeifend schnürte ich meine Laufschuhe und hopste vergnügt die Treppe hoch ins Büro. Volker war noch nicht anwesend. Der wird sich doch nicht etwa krank melden vor Angst, dachte ich. Während ich mir mein Müsli zubereitete, schlurfte etwas mit schweren Schritten den Flur entlang. Ich riss die Bürotür auf. Da stand ein Wesen vor mir, welches Ähnlichkeiten mit Volker aufwies. Leicht nach vorne gebeugt, mit ängstlichem Blick aber im Laufdress stand der Schlumpf vor mir.

„Schön, dass du es einrichten konntest!", entfuhr es meinen Lippen, gepaart mit einem bösen Grinsen.

„In dreißig Minuten laufen wir los. Geh vorher unbedingt puschen!", informierte ich ihn.

Volker plumpste mit einem tiefen Seufzer auf seinen Stuhl.

„Mir geht es heute gar nicht gut und Dani sagt auch...."

Weiter kam er nicht. Ich fiel ihm ins Wort:
„Maul!"

Mit zitternden Händen schlürfte er seinen Kaffee.

Unausweichlich rückte die Zeit näher für den Aufbruch.

Wir joggten los, und ich gab ein flottes Tempo vor. Es ging durch ein paar Straßen und dann in den Park. Volker schnaufte leicht und wollte etwas über meine gelungene Frisur los werden. Spinnt der jetzt total?

Ich trug eine Wollmütze unter der kein einziges Haar hervorlugte. Durch plumpe Komplimente verhinderst du das Lauftraining nicht, mein liebes Freundchen, dachte ich. Im Park führten Treppen hinauf zu einem Restaurant.

Da kam mir eine Idee: Ich teilte Volker mit, dass wir das Training etwas auflockern werden mit Treppensteigen.

Er sah mich entsetzt an.

„Das ist nicht dein Ernst...!", seufzte er.

„Warum nicht? Du hast doch gestern bewiesen, dass du ganz viel Energie für jede Menge Frechheiten besitzt!", erwiderte ich.

Ich trieb ihn genau dreimal rauf und runter. Zur Belohnung wurde das Lauftempo im Anschluss leicht gedrosselt. Meine anschließenden Hinweise zu hübschen Pflanzen, heißen Blondinen oder süßen Eichhörnchen nahm Volker nicht mehr klar erkennbar zur Kenntnis. Auf meine Frage, ob bei ihm alles in Ordnung wäre, erhielt ich nun ein kurzes, gemurmeltes „Maul", zur Antwort.

In Anbetracht seiner Erschöpfung ließ ich ihm das mal durchgehen. Als wir wieder an unserer Betriebsstätte ankamen, waren zwei Dinge erledigt, die Laufrunde und Volker. Ich war sehr zufrieden mit mir.

Im Büro standen drei Kollegen bereit. Einer wedelte Volker mit einem Handtuch frische Luft zu, der Andere servierte ihm einen Kaffee und einen Proteinriegel und der Dritte lobte überschwänglich seine gute sportliche Leistung. Ich sah mir die Szenerie an. Dabei trafen sich Volkers und meine Blicke, und mir war eines klar: Der Schlumpf heckt schon bald wieder etwas Neues aus.

Den werde ich nie ändern, aber will ich das überhaupt?

Erziehung bringt doch etwas

Volker:

Nach vielen Jahren der Zusammenarbeit und Freundschaft mit Birgit sind kürzlich endlich auch Früchte meiner langjährigen, schwierigen, aufopferungsvollen und wahrlich nicht ganz einfachen Erziehungsbemühungen ihr gegenüber zu erkennen gewesen. Diese in vielen kleinen und vorsichtigen Schritten in Angriff genommenen Erziehungsziele basieren in ihren Erfolgen natürlich überwiegend auf dem intellektuell eingesetzten Wissen darüber, dass das weibliche Gehirn, aufgrund Jahrmillionen der menschlichen Evolution, bestimmten Reizen unweigerlich hilflos ausgeliefert ist. Dieses Wissen und dessen rücksichtslose Anwendung hat nur einen einzigen, winzigen Nachteil. Weder Birgit noch Dani eignen sich leider als perfekte Opfer eines derart perfiden Plans. Einerseits sind sie emanzipiert und noch dazu äußerst misstrauisch und andererseits sind sie auch noch verdammt schlau, zu schlau manchmal, jedenfalls für meine Pläne.

Diese Reize durften also nur äußerst vorsichtig gesetzt und zu meinem Vorteil genutzt werden. Ein neuer, vorsichtiger, genialer, diabolischer Plan war im Entstehen. Ich überlegte mir zuerst was ich gerne hätte oder brauchen könnte. Sofort schossen mir einige Ideen durch den Kopf, die ich aber zum Teil gleich wieder verwarf, einige aus Angst vor Strafe und dem Zorn einer etwaig erzürnten Bürofurie oder der ostwestfälischen Eheheimsuchung, andere wegen eines übermäßig starken eigenen schlechten Gewissens. Ach Quatsch, was solls, wer soll denn das glauben? Natürlich nur wegen der offensichtlichen Undurchführbarkeit einiger Einzelpläne. Aber dann setzte ich meinen Fokus doch auf zwei Themenfelder, die mir eher erfolgversprechend erschienen.

Bei uns auf Arbeit gibt es keine eigene Kantine, die Versorgung mit warmen Essen ist also nicht sichergestellt. Und zuhause gibt es zu wenig Freizeit für mich, vor allem wenn Dani mal wieder ihrem Hobby der Hundezucht nachgeht und unser Garten dann wieder von zahlreichen liebenswerten, aber auch arbeitsintensiven Hundewelpen bevölkert wird. Hier konnte Birgit

eigentlich sinnvoll eingesetzt werden. Zunächst
nahm ich das Versorgungsproblem in Angriff. Ein
Kollege hatte irgendwo noch brauchbare alte
Campingkochplatten rumzustehen, die er mit
der Aussicht auf gelegentliches warmes Essen
mitbrachte. Ich hoffte Birgit würde beim Anblick
dieser Kochplatten in unserem Büro sofort ihren
weiblichen Instinkten freien Lauf lassen und
anfangen uns zu bekochen. Weit gefehlt, die
dachte gar nicht daran. Ich musste es schlauer
anfangen. Als wir wieder mal beim Arbeitssport
am Laufen waren, erwähnte ich beiläufig wie
gerne ich und die anderen Kollegen doch
Eierkuchen essen würden. Keine Reaktion, die
war aber eine harte Nuss! Na gut, ich musste
deutlicher werden. Mein Geburtstag nahte, und
ich gab ihr gegenüber immer mal wieder an
gerne eine Lage geben zu wollen. Ich würde ja
auch sehr gerne für alle Eierkuchen machen und
die leckersten Marmeladen, Ahornsirup und
Dergleichen, nebst allen anderen Zutaten
besorgen, wenn ich nur Hilfe beim Zubereiten
hätte. Jetzt reagierte Birgit endlich und bot sich
als Köchin an, nachdem ich sie noch darauf
hingewiesen hatte, dass sie auch eine ihr sehr

nahestehende und überaus freundliche Kollegin aus einer anderen Abteilung dazu einladen könne, die sich sicher sehr freuen würde auf ihre Kochkünste. Birgit hatte angebissen, ab sofort gab es hin und wieder mal Eierkuchen auf Arbeit. Birgit kann tatsächlich lieb sein, wenn man die richtigen Knöpfe drückt und mal für eine Weile nicht allzu frech zu ihr ist.

Nun musste ich den zweiten Teil meines Plans in Angriff nehmen, mehr Freizeit zuhause durch Birgits Hilfe. Das musste besonders sorgfältig vorbereitet werden, denn hier galt es Birgit und Dani gemeinsam zu etwas zu bewegen und im Zweifelsfall halten die immer zusammen. Zunächst habe ich auf Birgits weibliche Solidarität gebaut. Als sie bei uns zuhause zu Besuch war, während unsere Schnauzerhündin Wanja gerade trächtig war und dadurch besonders zutraulich wurde aufgrund der allen Säugetieren gemeinsamen, weiblichen Mutterinstinkte und Hormonen, war der richtige Zeitpunkt gekommen. Die trächtige Wanja sprang sofort auf Birgits Schoss und fing an zu schmusen. Da Wanja inzwischen auch schon aussah als wenn sie einen großen Medizinball verschluckt hätte, war Birgits Interesse geweckt. (An der Stelle erinnern wir uns kurz daran, dass auch Birgit und Dani Mütter sind und somit automatisch ein Solidarisierungsprozess mit allen anderen, Nachwuchs austragenden Lebewesen einsetzt). Der erste Teil dieses Plans hatte also schon mal geklappt. Jetzt hieß es nur noch abwarten und Birgit von Zeit zu Zeit zum Grillen, Feiern und Wanja streicheln, einzuladen. Da Birgit immer ein sehr angenehmer Gast ist und ich sowieso gerne kokle, machte diese Planung mir auch wirklich großen Spaß. Schließlich war es dann soweit, Dani hatte inzwischen endlich den lange erwarteten Wurf Welpen von unserer „Wanja von den Panketeufeln" bei uns zuhause. Anbetungswürdige kleine Kreaturen, also die Welpen natürlich, nicht etwa Dani und Birgit. Die Kleinen nahmen uns ganz schön in Anspruch, da musste also Birgits Unterstützung her. Und es klappte hervorragend, Birgit und ihre Tochter übernahmen fast schon so etwas wie eine persönliche Patenschaft für einen der kleinen Rüden. Vor allem nachdem dieser beim

Spielen Birgits Tochter Vanessa ständig in den Fuß gebissen, eigentlich eher gezwickt hat. Sowas verbindet halt. Der kleine Rüde hatte Vanessa, aber auch Meike, Dani und Birgit regelrecht ins Herz geschlossen. Umgekehrt natürlich genauso. Später haben wir dann diesen kleinen Welpen, unseren „Ares von den Kalkseehexen", sogar bei uns behalten und nicht abgegeben. Birgit und Vanessa kommen den immer noch gerne und regelmäßig besuchen, obwohl der inzwischen schon lange ein recht stattlicher, ausgewachsener Rüde geworden ist. Wichtig war, Dani, Birgit und unsere jeweiligen Töchter bespaßten die Welpen abwechselnd oder gemeinsam und ich und unsere Wanja hatten zwischendurch frei. Wanja bekam einen schönen Knochen und ich ein kaltes Bier und zusammen schauten wir genüsslich und entspannt, ich im Gartenstuhl lümmelnd, Wanja auf ihrer Decke liegend, dem emsigen Treiben im Garten aufmerksam zu. Genauso, wie es weise Götter und Göttinnen für den Mann, als Krone der Evolution, schon immer vorgesehen haben müssen.

Endlich hat auch mal einer meiner kleinen Pläne geklappt, jedenfalls sah es erstmal so aus.

(Birgit nimmt Kontakt mit der trächtigen „Wanja von den Panketeufeln" auf. Mutti bemuttert solidarisch werdende Mutti.)

(o.Wanja mit Ares ganz rechts - u.Dani bei der Welpenpflege)

(Vorhergehende Seite: Dem Anblick der Welpen konnten die Frauen nicht widerstehen, der hormongesteuerte Arbeitseinsatz konnte beginnen.)

(Meike bei der Arbeit mit „Ares von den Kalkseehexen" Bild in schwarz/weiß)

(Vanessa mit „ihrem" kleinen „Ares von den Kalkseehexen" beim Spielen um den kleinen Racker müde zu bekommen, was meistens auch prima geklappt hat und für abendliche Ruhe sorgte.)

(Birgit bei der Welpenbetreuung im Welpenauslauf. Es kam tatsächlich die Idee auf, Birgit demnächst auch in einem Außengehege zu halten und nur zu besonderen Anlässen oder zur Arbeit rauszulassen, zum Wohle der Gesellschaft.)

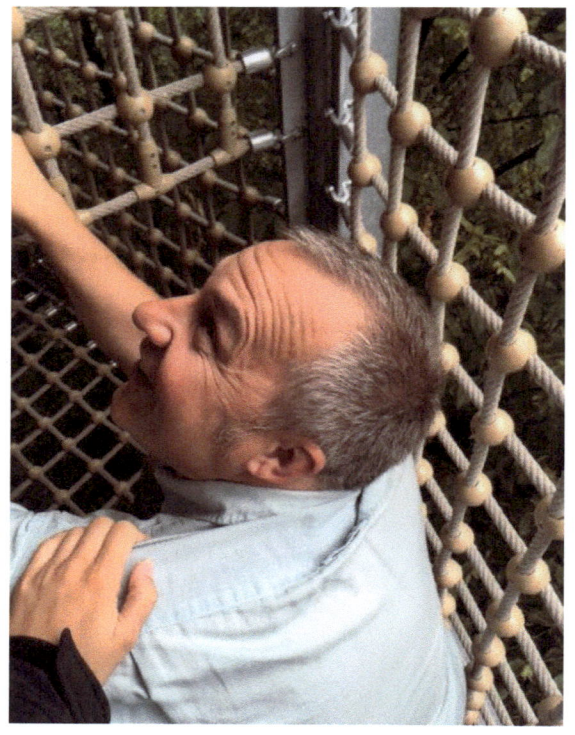

(Volker versucht vergeblich vor dem Welpenarbeitseinsatz zu fliehen. Links im Bild: Meikes Hand, die den Fliehenden rechtzeitig erwischt hat und ihren Vater zurück zum Arbeitseinsatz geführt hat.)

Ich bleibe dabei und wiederhole:

Erziehung bringt doch etwas!

Birgit:

Zu diesem Thema gibt es eigentlich nicht mehr viel zu sagen.
Vielleicht nur kurz so viel dazu:
Für uns Frauen war das natürlich gar kein richtiger Arbeitseinsatz, sondern einfach ein Riesenspass. Die Welpen waren einfach nur die liebenswertesten kleinen Geschöpfe weit und breit.
Genau wie Volker, wenn er etwas will aber eben nur dann.
Und es war erstaunlich wie fürsorglich Wanja mit ihren Jungen umgegangen ist und wie vertrauensvoll sie uns allen gestattet hat ihre Welpen anzufassen und zu betreuen, natürlich nicht ohne uns dabei ständig ganz aufmerksam zu beobachten.

Wanja ist eine tolle Hundemutti und sicher ist sie überglücklich, dass sie einen ihrer Welpen, nämlich den kleinen Ares, behalten durfte und der jetzt mit im Haushalt lebt.

Das Schicksal hat es offensichtlich genau so gewollt.

Und ich verstehe auch weshalb Dani jedes Mal
geweint hat, wenn sie einen der anderen
Welpen aus dem Wurf an deren neue glückliche
Besitzer abgegeben hat.

Wir würden ja schließlich auch weinen, wenn
wir Volker plötzlich abgeben müssten an ein
neues Frauchen.
Vielleicht, jedenfalls zumindest ein bisschen,
nehme ich an.
Ach was soll es, natürlich würden wir den
kleinen putzigen Kerl vermissen, zumal er
inzwischen fast schon vorzeigbar ist in unserem
Umfeld und seine Erziehung ganz deutliche
Fortschritte gemacht hat.

Der persönliche Hotspot fällt aus

Volker:

(Der folgende Beitrag ist unbedingt unter dem Hinweis zu verstehen, dass Birgit und ich uns seit vielen Jahren kennen und schätzen und es sich hier teilweise auch um ein Buch der Rubrik Humor und Satire handelt.)

23.11.2020: Der Tag der ultimativen Katastrophe, Birgits beinahe Amoklauf stand fast unausweichlich unmittelbar bevor.
Was war geschehen?
Deutschlandweit fielen in den größeren Ballungszentren die Mobiltelefonnetze und Datennetzwerke bei einigen größeren Anbietern aus. Kurioser Weise nicht bei allen Nutzern gleichzeitig und in gleicher Art und Weise. Mein eigenes, altes, fast noch dampfbetriebenes Mobiltelefon funktionierte auf gewohnte Art und Weise. Birgits wesentlich moderneres Mobiltelefon desselben Anbieters, aber eines anderen Netzwerkbetreibers, versagte fast völlig seinen Dienst. Da saß sie nun auf Arbeit, wie die zahnlose Spinne im Netz.

Das Zentrum des Bösen, die Zentrale der Informationsbeschaffung und Verarbeitung, nämlich Birgit, war vom Geschehen nahezu abgeschnitten und das für fast zwei lange Tage. Birgits persönlicher Hotspot war schlicht nicht mehr vorhanden. Keine Emails, keine Anrufe über Mobiltelefon, nicht mal WhatsApp. Sie war von der Welt abgeschnitten. Praktisch fehlte ihr jetzt nicht nur wie immer der intellektuelle Zugang zu so alltäglichen Sachen wie Gewaltfreiheit am Arbeitsplatz, Verständnis fürs andere Geschlecht und generelle Rücksichtnahme auf uns sensible männliche Kollegen. Nein, jetzt fehlte ihr buchstäblich der Zugang zu allem, vor allem eben zu ihrem persönlichen Hotspot. Auf ihr gelegentliches, nicht gesellschaftsfähiges, unsensibles Verhalten gegenüber ihren Opfern, also uns männlichen Kollegen, hingewiesen, konnte die zu kurz geratene Hobbysoziopatin nun nicht einmal mehr die sozialen Medien zu Rate ziehen. Sie war fast hilflos, alleingelassen und verängstigt. Wie sehr viele von Natur aus angriffslustigen weiblichen Wesen war sie in diesem Zustand als äußerst gefährlich einzustufen.

Ich musste es als erster schmerzhaft bemerken, als ich mittels ihres 50 cm Holzlineals darauf hingewiesen wurde, dass sie erstens keine Bürofurie, noch ein Handyjunkie und schon gar nicht latent gewalttätig wäre. Natürlich habe ich lieber nicht widersprochen, denn seit dem Ausfall der Nutzbarkeit ihres iPhones hatte sie nämlich eine Hand mehr frei als gewohnt, womit sie einen nunmehr zusätzlich festhalten konnte beim Einsatz des traditionell in ihrer anderen Hand zur Bestrafung gehaltenen 50 cm Holzlineals. An Flucht war also für die Dauer des Nutzungsausfalls ihres Mobiltelefons vorerst nicht mehr zu denken. Dabei verschlechterte sich ihre Laune auch noch zusehends. Das einzig Gute an diesem Zustand war in diesem Moment nur die Tatsache, dass sie auch Dani nicht mehr so schnell erreichen konnte um irgendetwas zu petzen oder auszuhecken.

Das musste ich ausnutzen. Da mein Mobiltelefon ja immer noch in Funktion war, konnte ich diesen weiblichen Handyjunkie damit ganz sicher anfixen. Ich rief in ihrer Gegenwart also auf meinem uralten Gerät unter Einstellungen

nunmehr die Funktion „Persönlicher Hotspot"
auf und spielte damit rum.

Birgit reagierte wie erwartet und rief sogleich:

„Was machst du da eigentlich, du Schlumpf?"

Ich erklärte ihr, dass ich überlegen würde, ob ich
die Funktion aus Solidarität ausschalten solle, da
sie dies ja im Moment auch nicht nutzen würde
und erntete einen giftigen Blick. Ziel erreicht,
aber da ging noch mehr. Nach dem zuvor
beschriebenen Anfixen (1) der Süchtigen kam nun
folgerichtig das Abmücken (2) des vermeintlichen
Opfers an die Reihe. Birgit indes fing bereits
damit an leise, höchst sonderbare, auffällige
Selbstgespräche zu führen:
„Verdammter Anbieter, sind die verrückt, die
können mir doch nicht die ganzen Funktionen
lahmlegen. Was ist denn, wenn mich mein Kind
in diesen schweren Coronazeiten erreichen
muss? Was ist denn, wenn mich jemand anderes
aus der Familie oder von den Freunden
erreichen muss? Ich bekomme gar nichts mehr
mit."

(1) Anfixen: Sucht hervorrufen/verursachen
(2) Abmücken: Abkassieren, umgangssprachlich in Berlin-Brandenburg

Ich wollte sie beruhigen und bot ihr an, für ein Eis könne sie gerne mein IPhone benutzen oder zumindest meinen persönlichen Hotspot. Solange wie ich angemessen verpflegt werden würde bräuchte ich mein Gerät nämlich gar nicht. Birgit merkte auf, ich glaubte inzwischen deutliche Entzugserscheinungen bei ihr wahrzunehmen. Sie wirkte bleich, hibbelig und seltsam entrückt. Jetzt fing ich schon langsam an mir Sorgen zu machen und beschloss ihr meinen persönlichen Hotspot sofort, uneingeschränkt ohne Hintergedanken, zur Verfügung zu stellen. Genau in diesem Moment lief ein weiterer Kollege zu nah an Birgit vorbei, sie fixierte ihn, ich glaubte sogar schon ein leichtes Blecken und Knurren bei ihr zu bemerken. Ich musste schnell handeln, während dieser Pandemie und den vielen daraus resultierenden Quarantänen im Kollegenkreis konnten wir uns vermeidbare Arbeitsausfälle von angenagten, verängstigten Kollegen wirklich nicht mehr leisten.
Schnell zeigte ich ihr zur Beruhigung ein paar Welpenbilder, auf denen auch ihre Tochter zu sehen war. Ihre Gesichtszüge entspannten sich leicht. Ich hingegen hoffte jetzt auch auf ein

baldiges Ende des Netzwerkausfalls, denn ich wusste nicht wie lange ich Birgit noch unter Kontrolle halten konnte.

Das Arbeitsrecht jedenfalls war keine Hilfe. Eine eilige Nachfrage bei unserer Personalvertretung ergab, dass das Anlegen eines Beißkorbs oder einer in der Wand verankerten Fußfessel aus Stahl keine erlaubte Option war. Die hatten gut reden, die mussten ja nicht im selben Büro mit ihr verweilen und dabei um ihre körperliche Unversehrtheit bangen.

Ich versuchte es mal mit Komplimenten.

Eine Nachfrage ob sie eine neue Frisur hätte wurde mit einem geknurrten „Nein" beantwortet, eigentlich wie immer.

Ich ließ nicht locker: „Na dann steht dir die Frisur eben heute einfach nur ganz besonders gut, du siehst so frisch und unverbraucht aus."

Birgit fragte gefährlich leise: „Was willst du?"

Ich antwortete ängstlich: „Dich aufmuntern."

Birgit antwortete schnell: „Dann erfreue mich doch mit einem Sprung aus dem Fenster. Mach aber die Fensterflügel vorher auf, sonst zieht es nachher noch durch die kaputten Fenster rein."

Naja, ihr Humor war wenigstens wieder da, jedenfalls für den Fall, dass sie es nicht ernst gemeint hatte. Ganz sicher war ich mir nicht, aber die Rettung nahte, die Tür ging auf und der zuvor von ihr angebleckte (1) Kollege verkündete froh, sein Mobiltelefon funktioniere wieder. Sie horchte auf, griff ihr iPhone und strahlte ganz plötzlich wieder über beide Ohren.

„Mein Handy geht wieder, ich habe Internet und WhatsApp und ich kann telefonieren," rief sie aufgeregt.
Ihre Finger bearbeiteten die Tastatur ihres Gerätes und holten offensichtlich in wirklich atemberaubender Geschwindigkeit alle Mitteilungen und Zugriffe nach, die sie in den letzten beiden Tagen nicht erledigen konnte.

---

(1) Fast wäre mir an dieser Stelle das B aus angebleckte wegkorrigiert worden, das hätte allerdings eine interessante aber leider nicht mehr jugendfreie Variante dieser Erzählung bedeutet. Der Leser mache sich bitte eigene Gedanken hierzu. Gemeint war tatsächlich Blecken: Zähne zeigen.

Birgit war glücklich und ich somit auch, jetzt konnte alles wieder seinen normalen Gang nehmen. Jedenfalls habe ich das gedacht, wie naiv von mir.

Birgit:

Mein Hotspot, dein Hotspot… Maul!

Ich gebe es zu, wenn meine Technik nicht so funktioniert, wie sie es soll, ist Geduld selten meine Stärke. Als die Hotspotfunktion auf meinem Handy plötzlich verschwand, meckerte ich schon genervt. Als anschließend auch noch das Telefonieren und das Surfen im Internet unmöglich war, schaute ich ziemlich ratlos aus dem Bürofenster. Seltsamerweise waren auf Volkers uraltem Handy alle Funktionen möglich. Der hatte also ziemlich viel Spaß mit meiner misslichen Situation.

Das konnte ich nicht so stehenlassen. Ich überlegte sowieso schon eine Weile, mir ein neues iPhone zuzulegen. Mein Entschluss stand nun endgültig fest.

Diesen teilte ich Volker natürlich auch sofort mit:
„Duhuu, ich habe eine ganz tolle Idee! Ich kaufe mir ein neues Handy und deine Frau kann wieder mein altes Gerät bekommen!"

Volkers schadenfroher Gesichtsausdruck verflog geschwind:
„Nee, das machst du auf gar keinen Fall! Ihr altes iPhone reicht vollkommen! Die braucht kein neues Handy!"

Birgit: „Doch!"

Volker: „Nein!"

Birgit: „Doch, Schnauze!"

Volker: „Neiheinnnn!"

Jetzt hatte ich ihn da, wo ich ihn haben wollte. Ein empfindlicher Punkt bei Volker wurde von mir getroffen. Damit konnte ich arbeiten. Also fragte ich mit Unschuldsmiene:
„Du hattest mir doch berichtet, dass das Display von Danis Handy einen Sprung hat. Ich werde ihr über WhatsApp meinen Vorschlag schreiben. Schließlich kann sie das selbst entscheiden!"

Volker schaute mich misstrauisch an:
„Ich warne dich davor, sie diesbezüglich zu kontaktieren. Meine Frau braucht kein neues Handy, ich entscheide das, ich bin schließlich Chef zuhause!"

Ich lachte laut:
„Du bist Chef zuhause? Du hast das älteste Telefon von allen in deiner Familie. Könnten eure Hunde telefonieren, wären sogar die aktueller ausgestattet! Ich habe die Nachricht schon fertig! Sieh mal auf meine Finger… gesendet!"
Zufrieden schlürfte ich an meinem Kaffee. Ganz kurz drängte sich mir der Verdacht auf, Volker würde mich erwürgen.

Volker: „Das hast du jetzt nicht gemacht?"

Birgit: „Doch!"

Volker: „Nein!"

Birgit: „Doch!"

Volker: „Dani weiß, dass sie kein neues Handy von mir genehmigt bekommt, da das andere noch funktioniert!"

Mein iPhone gab ein Signal. Ich erhielt eine Antwort von Volkers Frau, von der armen, unterdrückten, verschüchterten Person, die nichts mehr ehrt als den Willen ihres so entschlussfreudigen Gatten.

Mit einem diabolischen Grinsen eröffnete ich dem unangefochtenen Patriarchen, dass die folgsame Gattin entzückt von meinem Angebot sei. Schnell hatten Dani und ich den Ablauf geklärt und wir waren alle zufrieden. Alle, außer einer!

Vielleicht lege ich ja mal ein gutes Wort für Volker bei seiner Frau ein. Schließlich wünscht sich der Kleine schon seit Jahren ein kleines Goldwaschbrett oder einen Dremel.

Volker:

In der Tat könnte ich ein Goldwaschbrett gut gebrauchen. Bisher kann ich meinem Hobby des Goldwaschens nämlich tatsächlich nur mit einer in die Jahre gekommenen, unwirtschaftlichen, alten Goldwaschschüssel nachgehen.

Mit einem ordentlichen Goldwaschbrett, als Ergänzung zu meiner Goldwaschschüssel, wäre es mir natürlich viel leichter möglich genug zusätzliche Goldflitter aus den Bächen zu waschen, um damit die periodisch auftretenden Kosten zu decken, die immer dann entstehen, wenn meine liebe Frau oder mein schlaues, herzallerliebstes Töchterlein ein neues iPhone zu benötigen glauben. Zugegeben, Birgit überlässt ihre stets einwandfreien, fast neuwertigen, gebrauchten iPhones Dani und Meike immer zu einem außerordentlich fairen, preiswerten Freundschaftspreis. Dadurch haben dann meine Mädels zuhause auch immer relativ neue, wenn auch gebrauchte iPhones zu für mich noch vertretbaren aufzuwendenden Kosten.
Eigentlich ist das sogar sehr lieb von Birgit dafür zu sorgen, dass dem so ist. Nur dass eben mein sozialer Status innerhalb der Familie leicht am jeweiligen iPhone so deutlich für jedermann erkennbar ist, nagt doch etwas an meinem Selbstwertgefühl. Ich wäre doch auch mal so gerne das Alphatier in unserem Familienrudel.

Gemeinsame Vorbereitung eines Dates

Birgit:

Es passierte etwas was ich nicht für möglich gehalten hätte:
Volker, so schien es, machte sich ein kleines bisschen Sorgen, betreffend meiner aktuellen, momentanen Lebenssituation. Ich selbst machte mir diesbezüglich überhaupt gar keine großen Gedanken.
Eigentlich hätte mich schon sein nicht ganz ernst gemeinter, scherzhafter Vorschlag, seine fürsorgliche, liebe Frau doch mal für zwei bis drei Wochen bei mir zuhause zu „parken", um etwas Leben und Gesellschaft in meine Bude zu bringen, stutzig machen müssen. Ich war mir ziemlich sicher, die Beiden vertraten nur wieder unterschiedliche Auffassungen darüber, wer stolzer Besitzer der Fernbedienung wird. Ebenso sicher war ich mir, Volker hat dabei wie üblich verloren.
Volkers Angebot lehnte ich also dankend ab, der Schlumpf hatte doch bloß wieder an seinen

Vorteil gedacht oder machte der sich ernstlich Sorgen? Das kommt hin und wieder vor.
Schön, dass ich mehr Fernbedienungen als Personen im Haushalt
habe, dachte ich zufrieden, so musste ich die wahren Beweggründe zwischen Eigennutz und Sorge nicht weiter ergründen.
Als wir eines späten Nachmittages alleine im Büro unseren Kaffee schlürften und uns gegenseitig mit Papierkügelchen bewarfen, kam er schließlich aus der Reserve.

Volker: „Duhu?"
Birgit: „Jaha?"
Volker: „Deine letzte Beziehung liegt ja nun doch schon eine Weile zurück und du wirst ja nicht jünger und auch langsam etwas seltsam…, wie wäre es denn mal wieder mit einem Date?"

Birgit: „Oh nee, lass mal! Ich erhole mich ja immer noch von der letzten sonderbaren Verabredung."
Volker starrte mich verwirrt an:
„Das ist zehn Monate her!"
Birgit: „Echt? Kommt mir vor wie gestern!

Und davon mal abgesehen, ist es zu Zeiten von Corona auch nicht gerade einfacher geworden Menschen kennenzulernen, da fast alle guten Veranstaltungen zurzeit ausfallen."

Volker: „Mensch, bist du so blöd oder tust du nur so? Es gibt doch so viele Dating Apps."

Birgit: „Die kenne ich schon alle. Mich interessiert da niemand! Gibt es denn nicht ein adäquates, zu mir passendes Menschenkind in unserer Betriebsstätte? Das wäre doch schon irgendwie bequem."

Ich überlegte laut und nannte ein paar Namen. Volker sprang entsetzt vom Stuhl: „Das lässt du schön bleiben! Bei deinem Händchen für leicht bis mittelschwer Bekloppte bei der Partnerwahl ist das Risiko viel zu hoch den Unterhaltungswert des Tagesklatsches in diesem Gebäude zu steigern, wenn du die Beziehung dann mal wieder beendest."

Das leuchtete sogar mir ein. Ich gab Volker Recht, er schien wirklich ehrlich besorgt zu sein.

Das war nicht wirklich zu Ende gedacht von mir.
Praktisch ist eben nicht immer optimal.

Volker gab nicht auf:

„Also entweder nimmst du jetzt Dani für zwei
Wochen zur Aufmunterung deiner Person bei dir
zuhause auf oder ich suche dir so etwas wie eine
neue Partnerschaft zur Aufmunterung im
Internet. Ich habe da schon ziemlich konkrete
Vorstellungen. Ab 55 Jahre, ab 155 Kilo und
kleidet sich ausschließlich mit Jogginghose und
altem T-Shirt auf dem man die Speisekarte der
vergangenen Woche ablesen kann. Na, bist du
vielleicht interessiert?"

Ich übergab mich spontan im Spülbecken:

„Verleihst du auch einen deiner Hunde für zwei
Wochen? Darauf könnten wir uns einigen. Die
quatschen auch nicht ununterbrochen.

Übrigens habe ich dank dir nun wieder Hunger!
Sind noch Stullen von deiner Frau in deiner
Brotbox?"

Volker schob mir sein Fresspaket rüber:

„Du bist aber heute auch wieder sowas von
kompliziert."

Und du bist mir viel zu hartnäckig, dachte ich
während mir die Brote bestens schmeckten.

In diesem andächtigen Augenblick gab mein Handy ein Signal. Ich erhielt eine Nachricht von einer Dating App.

„Trouble Maker" wäre entzückt von meinem Profil und aufgrund der sehr ansehnlichen Fotos quasi unmittelbar sofort bereit für ein erstes, persönliches Treffen.

Ich starrte Volker an und zeigte ihm die Offerte: „Warst du das?"

Volker: „Ich? Nein, natürlich nicht. Los jetzt, antworte, dass du heute noch Zeit hättest."

Birgit: „Habe ich aber gar nicht. Ich muss heute unbedingt noch alten Damen über die Straße helfen, das dauert. Außerdem bin ich mit meinem Fahrrad hier und bekleidet mit meinem sportlich windschnittigem Ganzkörperkondom. So erscheint man wohl kaum zu einem ersten Date. Und überhaupt... ich muss mir schließlich auch erst mal das Profil von „Trouble Maker" ansehen, wenn da der Name Programm ist...!"

Volker überlegte kurz und musste mir schließlich zustimmen.

Wir studierten also gemeinsam das Profil und die Fotos. Ich entschloss mich dem besorgten, gut gemeinten Drängen von Volker nachzugeben und tippte eine Antwort, in der ich ihr einen Termin und eine Örtlichkeit vorschlug. „Trouble Maker" reagierte sofort. Ich hatte am nächsten Wochenende ein Date. Volker lehnte sich zufrieden zurück und versprach mir mit einem schmutzigen Grinsen mich gut vorzubereiten. Ich überlegte was mich gerade mehr beunruhigte, sein Vorbereitungskurs oder die Verabredung.

Volker:

Meine Besorgnis war tatsächlich echt. Wenn Birgit mal gerade nichts zu tun hatte, glaubte ich hin und wieder ein leichtes Seufzen von ihr zu hören. Und bevor sie wieder mit irgendeiner Sonderbaren ankäme, die sich dann in der Folge schon wieder mal als etwas verhaltensauffällig herausstellen täte, würde ich gerne diskret auf Birgit aufpassen wollen. So war jedenfalls mein Plan. Hatte ich schon erwähnt, dass meine Pläne oft nicht wie gewollt funktionieren? Ach, ich glaube schon mehrfach. Dem Leser sei an dieser Stelle nur so viel verraten, nicht nur ich hatte bevor ich meiner lieben Dani begegnete sonderbare Partnerinnen zu Hauf, sondern Birgit auch. Ich möchte ja an dieser Stelle nicht zu viel verraten, denn dieser Stoff schreit geradezu darum in einem gesonderten Buch verarbeitet zu werden, nur so viel: Es ist schier unglaublich was oder wen Birgits Lieblingsmenschen so alles schon zu romantischen Dates mitgebracht haben.

Jedenfalls führte das gelegentlich dazu, dass die romantisch geplanten Dates gar nicht so richtig romantisch wurden. Vielmehr blieb der Verlauf des ein oder anderen Dates sogar infolgedessen relativ harmlos, geradezu jugendfrei, allerdings auch wenig harmonisch.

Und ich wollte auch gerne verhindern, dass Birgit an einen Menschen gerät, der sie gar nicht verdient, denn unter ihrer rauen, oft fast gewalttätig erscheinenden Schale verbirgt sich eine eigentlich fürsorgliche, zuverlässige Freundin und Kollegin, auf die ich gerne aufpasse, genau wie sie gelegentlich auch auf mich aufpasst.

Was war also zu tun?

Das kommende Date musste geplant und abgesichert werden, folgende Fragen mussten im Voraus zufriedenstellend beantwortet werden:

Geht sie einer geregelten Erwerbstätigkeit nach?

Wenn nicht, ist sie in einer ordentlichen Ausbildung, im Studium oder dergleichen?

Ist sie irgendwie in den sozialen Medien sonderbar auffällig geworden?

Kann politischer, religiöser, weltanschaulicher oder gar vegetarischer Extremismus bei ihr ausgeschlossen werden?

Können des Weiteren versteckte oder offensichtliche Unterhaltsverpflichtungen oder sonstige finanzielle Belastungen dieser Person ausgeschlossen werden?

Neigt sie zu besitzergreifendem Verhalten, Stalking, Wutausbrüchen oder gar Eifersucht?

Sieht sie gepflegt und ansprechend aus?

Hat sie eine eigene Wohnung, ein eigenes Girokonto, ein Auto oder Bahndauerticket?

Ach mir fiel noch so viel mehr ein. Irgendwie kam mir das auch bekannt vor. Da fiel es mir ein, genau diesen Fragenkatalog arbeitete ich natürlich ab, als meine Tochter mir ihren Freund vorstellte. Aber da war noch etwas, was war das nur gleich?
Ach ja, natürlich, nach genau diesem Fragenkatalog wurde ich selbst ja auch damals von meinem Schwiegervater abgearbeitet, als ich meine Dani kennengelernt hatte. Weiß der Kuckuck wie ich es damals geschafft hatte diesen Fragetest erfolgreich zu bestehen.

Jedenfalls hatte Birgit jetzt erst mal ein paar Hausaufgaben, die sie in Ruhe und vor allem zu meiner Beruhigung abarbeiten konnte.

Das hat sie auch schnell und sorgfältig gemacht und auf den ersten Blick fanden wir beide nichts auszusetzen an „Trouble Macker", alles schien in Ordnung zu sein, sie machte einen passablen ersten Eindruck auf uns Beide. In meiner

Großzügigkeit hatte ich Birgit schon irgendwie ein gewisses Mitspracherecht eingeräumt bei der Auswahl ihres Dates.
Genau wie meiner lieben Tochter seinerzeit auch.
Meine liberale Großzügigkeit ist schon fast sprichwörtlich, aber wir leben nun mal im 21. Jahrhundert, Frauen dürfen heutzutage tatsächlich, uneingeschränkt mitreden zu diesen sie selbst betreffenden Themen.

Diese erste Hürde hatte „Trouble Macker" nun also schon mal erfolgreich überwunden. Blieb noch das erste Date. Hier war sorgfältige Planung erforderlich. Ich sprach mit Birgit einen Termin ab, an dem ich freihatte und zu Hilfe hätte eilen können. Hierzu bedurfte es eines Codewortes. Wir vereinbarten einfach eine WhatsApp Nachricht mit dem Wort „Hilfe" an mich. Diese Nachricht sollte sie mir schicken für den Fall, dass das Date unerfreulich verlaufen sollte. Ich hätte sie dann angerufen und sie unter einem Vorwand vom Date geholt. Notfalls wäre ich auch hingefahren und hätte sie persönlich geholt oder, meinerseits bevorzugt,

hätte ich auch einfach dazustoßen können, mich höflich als ihr Expartner vorgestellt und diskret, gerade noch für alle anderen hörbar, gespielt verschämt, Birgit darum gebeten nochmal über diese furchtbare jetzt wohl gemeinsame Infektionserkrankung mit ihr sprechen zu dürfen.
Irgendwas fällt mir immer ein in solchen Situationen.

Aber das Undenkbare trat ein. Birgit schickte gar keine Nachricht. Da saß ich nun bei einer Kanne grünem Tee und wartete und nichts passierte. Birgit brauchte meine Hilfe gar nicht. Die kam einfach so alleine zurecht. Ich bekam nicht mal eine regelmäßige Sachstandsmitteilung. War Birgit vielleicht überwältigt worden und fristete ihr Dasein jetzt schon angekettet in einem verborgenen Verlies? Nicht dass sie genau das nicht schon hin und wieder verdient hätte, aber ich machte mir schon Gedanken. Am nächsten Morgen bekam ich dann doch Nachricht, natürlich erst auf Nachfrage, dass alles gut war, das Date lief gut. Mein ganzer Plan, die so sorgfältige Ausarbeitung war wohl gar nicht

wirklich nötig gewesen.
Aber wer weiß wozu es gut war?

Plötzlich schoss mir ein Gedanke durch den
Kopf. Vielleicht gab es ja auch jemanden, der auf
„Trouble Macker" aufgepasst hatte.
Jemanden, der genau wie ich abends auf ein
Codewort gewartet hatte und am nächsten
Morgen besorgt nachfragte. Das Leben ist schon
sonderbar. Hätte Birgit eigentlich den
Fragenkatalog überstanden?
Alleine für diese mutige Frage, öffentlich
ausgesprochen, könnte ich an einem schlechten
Tag ein sogenanntes grenzerläuterndes
Gespräch mit Birgit und ihrem 50 cm Holzlineal
zu erwarten haben. Trotzdem, ich glaube sie
wäre locker durch den Fragenkatalog
gekommen. Meistens ist sie nämlich ganz lieb
und zuverlässig und gnadenlos ehrlich. Ich passe
gerne auf Birgit mit auf. Und ich bin zufrieden,
dass Birgit, zusammen mit Dani, auf mich
aufpasst. Auch wenn ich manchmal darüber
schimpfe, es ist doch alles nur zu unserem
gegenseitigen Besten. Gute Kollegen und gute
Freunde machen das eben genau so.

So und nicht anders wollen wir das. Ich will das so, Dani will das so und Birgit will das auch so.

Und was Dani und Birgit wollen wird sowieso, genauso wie sie es wollen, gemacht.

Das ist auch besser so für uns alle. Und so machen wir auch weiter.

Gedichte

Volker:

Es wird schon irgendwie weitergehen

Die Pandemie nimmt ihren Lauf.

Statistiken gehen runter und rauf.

Die einen sehen den Weltuntergang.

Die anderen macht das Wort schon krank.

Bei vielen macht sich Hysterie und Panik breit.

Manche sind zum Regeln befolgen nicht bereit.

Einige müssen zuhause bleiben.

Wir wieder müssen auf Arbeit leiden.

Das Jahr 2020 wird in Erinnerung bleiben,

wegen dummer Sprüche und Massenleiden.

Familie, Freunde und gute Kollegen,

die muss man halten und auch pflegen.

Denn eines konnte man in dieser Zeit gut sehen,

mit denen kann man alles gut überstehen.

Humor gehörte dazu auch,

vor Lachen hielt ich mir den Bauch.

Und wenn es mal ganz dicke kam,

gings mit Humor gleich wieder ran.

Selbst Leute, die ganz anders leben,

können sich in Notzeiten gegenseitig pflegen.

Wir passen aufeinander auf in unserem ganzen Lebenslauf

und schließen Ungemach größtmöglich aus.

Eine Freundin, ein Mann und seine Frau,

die halten zusammen und das ist schlau.

Tritt dann das Schicksal garstig an uns heran,

dann nehmen wir es zusammen, lachend an.

Eine Freundin, eine Frau und ihr Ehemann.

Birgit:

2020 war ein seltsames Jahr und so mancher
denkt, träum´ ich oder ist das wirklich wahr?

Die Technik schreitet stets voran, so dass man
kaum was ohne sie erledigen kann.

Wir sind vernetzt, wie noch nie zuvor
und doch sitzt jeder nur allein davor.

Vor den Handys, Tablets und Computern,
doch was weiß man wirklich von den anderen
Usern?
Jemanden wirklich kennenlernen und schätzen,
dass kann das Internet nicht ersetzen.

Persönliche Kontakte müssen dafür her,
das ist in diesen Zeiten jedoch schwer.

Quarantäne muss der eine ertragen,
der andere braucht erst gar nicht nach Freizeit
fragen.
So mancher, der sich im Homeoffice befindet,
überlegt, ob er die Kinder festanbindet.

Was brachte dieses Jahr außer Krankheit, Angst

und Verzicht?
Aber bedenke, wo Schatten ist, da ist auch Licht.

Wird einem nicht gerade jetzt bewusst,
was Freude macht und was macht Frust?

Welche Freunde sind immer zur Stelle,
welche machen nur auf Partys eine Welle?

Auch wenn man oft über den Job rumschimpft,
so manche Freundschaft gerade hier beginnt.

Volker und Birgit hätten sich nie gefunden,
hätte ihr Boss ihre Gesellschaft nicht erzwungen.

Wenn dann noch die Harmonie mit Dani stimmt,
man gerne ein Gläschen gemeinsam nimmt.

Manchmal sind es die einfachsten Sachen,
die uns ganz einfach glücklich machen.

Familie, Gesundheit und Freundschaft sind
ebenfalls ein hohes Gut
und helfen gut gegen so manche Alltagswut.

„Wir schaffen das!" wurde mal verkündet,
ist diese Zuversicht nicht auch hier begründet?

So blieb 2020 wirklich kein normales Jahr,
dies ist inzwischen wohl auch dem Letzten klar!

Eine letzte Anekdote

Volker:

Eigentlich war das Manuskript zu diesem Buch schon fast fertig, da erlebte ich beim Feiern des Julfestes eine Anekdote, die einfach erzählt werden muss. Wir feierten an einem alten Deckstein, einer uralten Steinsetzung an einem Hügel in der Uckermark. Birgit war nicht dabei, Dani auch nicht, dafür ein kleiner Kreis von Leuten, mit denen ich dies jedes Jahr feiere, diesmal allerdings im ganz kleinen Rahmen, unter Beachtung der Covid-19 Vorschriften.

Ein junger Mann, Roberto, der mit seinem Vater auch schon seit Jahren daran teilnimmt, brachte seine neue Freundin mit zur Feier, die er kurz zuvor an seinem Arbeitsplatz kennengelernt hatte.
Dann erzählte uns Roberto von einem sehr interessanten neuen Julspiel, dass die jungen Männer dort gerne seit einiger Zeit spielen.
Man setzt sich im Kreis auf Stühlen oder Baumstümpfen nebeneinander und der Reihe nach schlägt man seinem Nachbarn gegen die

Schulter, bis einer von der Sitzgelegenheit fällt. Dann wird der Kreis kleiner gemacht und das Spiel geht genauso weiter, bis irgendwann alle anderen mitspielenden jungen Männer vom Stuhl gehauen wurden und nur noch einer sitzt, der dann gewonnen hat. Robertos Freundin, die das wohl schon als Zuschauerin miterlebt hatte, schaute kurz auf und sagte ganz trocken in die Runde:

„Siehst du, und deswegen leben Frauen länger."

Wir haben uns köstlich über diesen trockenen Humor amüsiert. Natürlich habe ich das sofort Birgit erzählt, als ich sie das nächste Mal auf Arbeit traf. Was dann passierte, soll sie lieber selbst erzählen.

Birgit:

Ich mache es kurz. Volker saß beim Erzählen auf der Armlehne unserer Bürocouch, ich schlug ihm gegen die Schulter, er kippte davon völlig überrumpelt aufs Sofa und ich sagte:

„Ich gewinne lieber und lebe auch noch länger als du, ätsch."

Schlusswort

Birgit und Volker:

An dieser Stelle enden unsere kleinen Anekdoten vorerst. Ob es eine Fortsetzung geben wird? Ganz sicher, die Frage ist eher ob wir darüber auch noch ein drittes Buch schreiben werden. Denn wir machen natürlich weiter wie gehabt, auf Arbeit, im privaten Bereich und mit der Familie. Jetzt haben wir zwei Hübschen erst mal etwas anderes in Planung. Wir wollten schon vor diesem Buch gerne mal zusammen einen reinen Roman schreiben. Denn anders als im hier vorliegenden Buch und dem vorangegangenen Buch hierzu, quasi dem ersten Teil von „Hetero Daddy und Gay Mom – der Unfug geht weiter", nämlich dem Buch „Hetero Daddy und Gay Mom – die kollegiale Idealkombination", in denen wir ja fast genau tatsächlich so erlebte Anekdoten beschreiben, hätten wir in einem Roman ja gar keine Abwägungen zu machen was man nun eigentlich noch schreiben könnte, ohne vielleicht einer real existierenden Person zu

nahe zu treten. In einem Roman könnten wir
ganz sicher ebenso viele unserer erlebten
Geschichten verarbeiten, könnten diese aber
viel lebhafter ausmalen und auch hypothetisch
Erlebtes verändert mit einfließen lassen.
Sonderbare Fantasie haben wir ohnehin genug
und an Inspirationen fehlt es uns beiden in
unserem Leben bisher und sicher auch künftig
nicht.

Aber genug von dem was war und dem was
noch kommen könnte.
In diesem und dem zuvor geschrieben Buch
haben wir versucht humorvoll gemeinsam
erlebtes unterhaltend zu beschreiben. Dabei
sollte stets bewusst sein in was für persönlich
unterschiedlichen Lebensmodellen wir beide
leben. Doch wir bemerkten sehr schnell, dass
einen traditionell lebenden Familienvater und
eine nicht ganz so traditionell lebende Mutter,
die auch schon mit Frauen zusammenlebte, trotz
allen Unterschieden viel mehr verbindet als
trennt. Uns verbindet eine gemeinsame liberale
Lebenseinstellung, der Hang zum Einsatz des
gesunden Menschenverstandes (hoffen wir

zumindest), unser inzwischen langjähriges, berufliches Zusammenarbeiten und nicht zuletzt unsere über die Jahre gereifte Freundschaft. Alles uns Unterscheidende ist da nicht weiter von Belang. Zufällig gleicht sich auch noch unser bodenständiger Humor und die Fähigkeit deutliche Worte und Ansagen nicht nur zu machen, sondern auch auszuhalten, ohne dem Anderen dabei in den Hintern treten zu wollen. Mit anderen Worten wir hoffen nahegebracht zu haben, wie angenehm und oft auch lustig das Zusammenleben und Zusammenarbeiten von zwei Menschen sein kann, die in so völlig verschiedenen Lebensmodellen leben.

Wer davon eventuell mehr lesen möchte, dem seien die auf den folgenden Seiten genannten Buchvorschläge, vor allem die ersten beiden Bücher davon ganz vorsichtig empfohlen.

Wir bedanken uns bei unseren Töchtern Vanessa und Meike dafür, dass sie uns beim Schreiben und in Form bringen der beiden Bücher dieses Themas geduldig geholfen haben.

Ebenso bedanken wir uns bei Daniela (Dani) dafür, dass sie äußerst bereitwillig geholfen hat, vor allem bei der Korrektur einiger Fehler. Genauso bedanken wir uns bei ihr dafür, dass sie uns auch so großzügig erlaubte, die gemeinsam erlebten Anekdoten mit ihr, völlig ungekürzt und frei, wiedergeben zu dürfen.
Auch danken wir Dani, Meike und Vanessa dafür die Bilder benutzen und drucken gedurft zu haben.

Und ganz aufrichtig und dankbar möchten wir uns noch bedanken bei unseren Freunden und Kollegen sowie einigen anderen Lesern des ersten Buches, die uns mit hilfreichen Buchkritiken geholfen haben uns zu verbessern und ganz besonders denjenigen Lesern darunter, die uns dazu ermunterten dieses zweite Buch zum Thema zu schreiben.

Weitere Bücher der Autoren

Auf den folgenden zwei Seiten sind vier Bücher vorgestellt, die die Autoren ebenfalls geschrieben haben oder an denen zumindest von einem als Mitautor mitgeschrieben wurde.

Das erste der folgenden Bücher stellt das gemeinsame Buch der Autoren vor, dass diesem Buch thematisch vorangeht.
-Hetero Daddy und Gay Mom – die kollegiale Idealkombination.

Das zweite vorgestellte Buch ist eine humorvolle Schilderung von Erlebnissen zum Thema Neuheiden.
-Was man als angehender Heide so alles erleben und überleben kann.

Das dritte vorgestellte Buch ist ein Sachbuch aus dem Bereich Heimatkunde.
-Die Steinformation aus Findlingen in Woltersdorf bei Berlin.

Das vierte Buch ist ein humorvoller Roman über alte Götter und moderne Menschen.
-Als Donar, Frey und Loki ausgeschlafen haben.

Titel: Hetero Daddy und Gay Mom – die kollegiale Idealkombination
Autoren: Volker Meyer und Birgit Klischat
Verlag: Books on Demand - BoD   ISBN: 978-3-7519-7773-9

Titel: Was man als angehender Heide so alles erleben und überleben kann
Autor: Volker Meyer
Verlag: Books on Demand - BoD   ISBN: 978-3-7519-3227-1

Titel: Die Steinformation aus Findlingen in Woltersdorf bei Berlin
Autoren: Volker Meyer, Meike Meyer und Ernst Zinow
Verlag: Books on Demand - BoD   ISBN: 978-3-7519-6746-4

Titel: Als Donar, Frey und Loki ausgeschlafen haben
Autor: Volker Meyer
Verlag: Books on Demand - BoD   ISBN: 978-3-7519-9423-1

Coverbild: Birgit mit 50 cm Holzlineal und Volker.

Bilder mit freundlicher Genehmigung von Vanessa Klischat - Freiburg,
Daniela Meyer - Rüdersdorf und Meike Meyer - Rüdersdorf/Potsdam